D1086006

LES VALSEUSES DU PLATEAU
MONT-ROYAL
est le quatre cent huitième ouvrage
publié chez
VLB ÉDITEUR.

LES VALSEUSES DU PLATEAU MONT-ROYAL

du même auteur:

LES CHANTS D'AMÉRIQUE, Ive, 1965 (prix Du Maurier)

L'IDENTIFICATION, Ive, 1966

LE MÉMORIAL DU QUÉBEC, tome 3, 1839-1889,
éditions du Mémorial, 1980

BLUES NOTE, VLB Éditeur, 1986

COCUS & Co., VLB Éditeur, 1989

François Piazza

Les valseuses du Plateau Mont-Royal

nouvelles

vlb éditeur

VLB ÉDITEUR
1000, rue Amherst, suite 102
Montréal (Qué.)
H2L 3K5
Tél.: (514) 523-1182
Télécopieur: (514) 282-7530

Conception graphique de la couverture:
Katherine Sapon

Illustration de la couverture:
Marvin Gasoi, Cibachrome, 1984

Distribution:
AGENCE DE DISTRIBUTION POPULAIRE
955, rue Amherst
Montréal (Qué.)
H2L 3K4
Tél.: à Montréal: 523-1182
        de l'extérieur: 1-800-361-4806

© François Piazza, 1991

© VLB ÉDITEUR, 1991
        Une division du groupe Ville-Marie Littérature

Dépôt légal — 3e trimestre 1991
Bibliothèque nationale du Québec
ISBN 2-89005-476-4

À toutes les femmes de ma vie qui firent, font, feront l'homme que je suis, en guise d'hommage et de grand merci.

Or vien ça, vien m'amye Perrette
Or vien ça, vien icy jouer
Ton cul servira de trompette
Et ton devant fera la feste
Si te plaist de nous le loue
De ce je n'en veulx mye...
J'en ay si grant envye
Qu'a peu que ne desvie
Plus ne m'y fault penser
Or vien ça, vien m'amye
Or vien ça, vien icy jouer
Mignonnette jolyette
Veulx tu t'avancer
En chambrette bien secrette
Le jeu commancer
Or vien ça,vien m'amye Perrette
Or vien ça, vien icy jouer

Clément Janequin,
Or vien ça, 1530

Cécile

J'étais en train de pourlécher son tétin.

Depuis plus de sept mois, Anne et moi sortions ensemble.

Une période intermédiaire pendant laquelle si on ne compte plus les jours ou les semaines, ni les fois que l'on se voit, on se demande parfois où une liaison nous mène. Le temps des découvertes et des corps à inventer étant passé, c'est celui du confort, mais aussi de la naissance des habitudes heureusement diluées encore par les désirs inavoués. Ils nous gardent amants au moment où, plus tout à fait partenaires, nous ne sommes pas encore un couple formé. Reste une complicité à inventer.

Tous les jeudis donc, chacun de son côté quittait son travail, le plus tôt qu'il pouvait, la désinvolture affichée cachant mal l'envie de courir. Je me retrouvais dans le lit d'Anne vers quatre heures et demie. On pouvait y baiser en prenant notre temps jusqu'à huit heures et demie, heure à laquelle on ramenait Cécile de son cours du soir...

Depuis un an, mais provisoirement, Cécile sa cadette (elle avait vingt-trois ans) partageait son logement. En attendant de prendre un appartement avec Aimée, sa compagne et son associée, non seulement pour vivre ensemble mais pour y travailler. Elles allaient y installer un atelier de production pour l'édition en braille.

Cécile est aveugle. Aimée aussi. Oh pardons! Non-voyantes. Pour elles c'est égal, étant ce qu'elles sont. Mais faisons, comme elles d'ailleurs, une concession à ceux qui combattent leur tendance à la discrimination, en la masquant sous les mots. Non-voyantes, donc...

Pour les longs parcours, Cécile avait besoin d'être accompagnée en auto. Elle n'aime pas le métro. Trop bruyant, trop criard: le son est l'œil de l'aveugle. D'où le recours au bénévole pour le retour du jeudi soir.

J'étais en train de lui pourlécher le tétin du sein gauche. Tout fiérot et carminé, il se durcissait au passage de ma langue glissant à la fois sur son flanc lissé et sur l'aréole bistre et granulée.

J'étais bien. Entre le tout et le rien. Entre parenthèses.

Une de mes mains pétrissait l'autre sein un peu mou sur un soc encore ferme. L'autre rêvait, s'ébattant sur la toison tout en cherchant à retenir un clitoris fébrile et lustré qui voulait se cacher derrière son capuchon, à chaque vibration.

Quelque part sous ma nuque, des doigts crispés de joie me parlaient de plaisir et d'attente. D'autres en anneau autour de mon membre caressaient leur bien le long de sa hampe, serrant quelquefois, arrivés au bas, un peu plus qu'il ne fallait. En nous, il y avait deux autres qui s'impatientaient et qui tôt ou tard auraient gain de cause, exigeant la ruée vers la petite mort.

Le bruit était aboli. N'existaient pour moi que les soupirs des désirs et les chuintements de contentement qu'Anne laissait échapper avec retenu et que je sentais naître aux sursauts du ventre.

Nous étions bien. Entre le tout et le rien. Laissant sourdre lentement les petits fleuves de feu qui finiraient par inonder nos nerfs arborescents. Perdus dans le bonheur des dieux: ici et là, ailleurs et autre, chacun naissant pourtant dans le désir de l'autre.

Dans le merveilleux, rien n'étonne. Quelque part en haut de mon dos, un frôlement était en train de naître, puis glissait lentement le long de la colonne. Électrique et émollient, imprévu dans son mouvement, tout en suivant sa voie, palpant ça et là, mais sans insister, le rond du muscle. Il hésita un instant en haut de la rue culière avant d'aller s'arrondir en glissant sur le pourtour du cul.

Au début, je crus à un de ces frissons qui souvent nous hantent dans la voie du désir. Fantômes des phantasmes de ces lieux secrets du corps qui ont faim de caresses et qui ne se révèlent que pour exiger. Mais quand les doigts pianotèrent sur le bas des couilles congestionnées, je compris soudain que trois mains étaient sur moi. Une de trop. J'eus un sursaut.

Je me redressai. Anne me regarda, étonnée.

«Qu'est-ce qu'il y a?» Puis tournant la tête: «Mais qu'est-ce que tu fais là?»

Les bras tendus, la tête haute, figée comme une statue, à coté du lit, Cécile nous faisait face.

«Je... Le cours a été annulé, alors Gabriel m'a ramenée...»

Un éclair d'effroi dans les yeux d'Anne.

«Dis-moi pas qu'il est là, lui aussi?...

— Non, non, il m'a laissée à la porte...

— Aurait plus manqué que ça! Veux-tu bien me dire ce que tu fais là, dans ma chambre, alors que?...» Anne hésita un instant... «Oh et puis merde! Tu le sais! Alors que Henri et moi, on fait l'amour... Ou plutôt: on allait le faire. Parce que tel que c'est là, c'est mal parti. Tu me coupes les effets! Je n'aime pas me faire écornifler.»

Sur le visage de la statue, un faux sourire d'enfant qui vient de se faire attraper.

«Te fâches pas, Anne... Je ne l'ai pas fait exprès, je te jure... J'ai cru qu'il n'y avait personne. Puis j'ai entendu du bruit, la porte n'était pas fermée... Tu gémissais, alors j'ai cru que tu souffrais...»

Elle avait cette petite voix de fillette qu'ont les femmes qui vous racontent un mensonge tout en sachant que vous ne les croirez pas. Parce qu'il faut dire quelque chose...

«Cécile, ne me raconte pas d'histoire! Tu savais très bien ce qu'on faisait là. Moi, ce que je voudrais savoir, c'est ce que tes mains foutaient sur le corps de mon chum?

— Mais je ne l'ai pas fait exprès!...»

Cécile semblait prête à éclater en sanglots. Un reniflement, elle se cambra puis se reprit.

«Et puis merde, comme tu dis! C'est vrai, en rentrant dans la chambre, je ne savais pas. Quand je me suis approchée, j'ai compris. Il te léchait, n'est-ce pas? Alors je ne sais pas ce qui m'a pris: j'ai tendu la main et je l'ai touché... Je voulais connaître comment un homme était fait... Voilà! Calme-toi! Je n'ai pas envie de prendre ton chum, ce n'est pas mon genre!

— Ah merci!

— Mais non, tu sais bien ce que je veux dire... Je voulais juste toucher...»

Anne se radoucit et se tourna vers moi.

«Tu sais, c'est probablement vrai... Cécile découvre les formes par le bout des doigts. Rappelle-toi la fois où elle a voulu connaître ton visage...»

Deux mains tâtonnantes, palpitantes, parties de mon front, avaient voyagé le long de mes joues jusqu'à mon cou, découvrant au passage les plis, les rides et les bajoues racontant mon histoire....

«Eh bien, maintenant tu le sais. J'espère que tu n'es pas déçue.»

Question d'en finir à la blague.

«Pas du tout. D'abord je ne peux pas comparer. Ensuite je n'ai fait qu'explorer ton dos...» Petit sourire de Cécile profitant de la sortie que je lui offrais. «Je n'ai pas eu le temps de découvrir le reste. Ça sera pour une autre fois...

— Pourquoi pas maintenant?» dit Anne.

Cela nous interloqua, Cécile et moi. Un silence dense, qui me parut long, bien que court, régna dans la chambre dont mon regard fit le tour. Cécile, face à moi, près du lit, les pommettes un peu relevées et rosies, la tête un peu penchée, tournée un peu en biais vers sa sœur, attendait. Quoi?

Anne, la bouche rieuse et lustrée, avait l'air de s'amuser. Mais dans la lueur de ses yeux légèrement plissés, je perçus ce petit miroitement qui est, pour l'amant averti, l'amorce du désir naissant. Un soupir, puis prenant l'initiative:

«Puisque de toute façon, la baise est foutue...»

Ce disant, elle fixait mon membre devenu presque flaccide. C'était d'autant plus flagrant que j'étais assis sur le bord du lit, les jambes ballantes et écartées. Les lèvres du méat frustré me brûlaient tant que je les croyais rougeoyantes.

«Je m'excuse, dit Cécile, je suis désolée. C'est de ma faute. Si j'avais su...

— Mais non. Puisqu'il est nu, autant en profiter...»

Cécile, gênée, oscillait sur ses jambes...

«Anne, voyons, ne ris pas de moi... Henri, excuse-moi pour...

— Mais non, vas-y. Il faut toujours finir ce que l'on a commencé. Si tu veux savoir comment un homme est fait, c'est l'instant ou jamais. Ça reste entre nous, et il n'y a pas de danger. En plus tu tombes bien: Henri est un bel homme. À preuve, il me plaît. Allez, vas-y!

— C'est que ça me gêne...

— Pourquoi? Parce que je suis là? Tout à l'heure, ça ne te gênait pas... Pour limiter les dégâts, je préfère que ça se passe devant moi. Des fois que tu serais tentée. On ne sait jamais!»

Cécile oscillait presque imperceptiblement. Ses mains croisées, juste sous la ceinture du pantalon, passaient lentement l'une sur l'autre. Comme pour contenir la tentation des doigts. Les voir ainsi se mouvoir me fascinait.

«C'est que tout à l'heure, c'était une impulsion... Je... Tu pourrais demander ce qu'en pense Henri, quand même...

— Faut toujours se méfier de sa première impulsion, c'est souvent la meilleure, dit Anne en riant. Henri! Tu veux bien laisser ma petite sœur s'instruire, dis?»

Il y avait dans le ton enjoué d'Anne quelque chose de déroutant. Un rien cruel dans ce son un peu rauque. Je vivais dans l'équivoque. Entre la peur de me ridiculiser et l'envie folle de sentir ces mains aux longs doigts se poser sur moi.

«Henri! Dis oui! Pour moi!»

Anne me faisait sa petite moue, creusant les joues, tendant ses lèvres charnues vers moi. Son regard quêta ma complicité. Du coup, naquit dans mes couilles cette infime chaleur, précurseur du désir. J'avais faim de ces mains et puisqu'Anne voulait, à quoi bon résister

«Bien sûr! Puisque ça vous fait plaisir à toutes les deux.»

Anne s'empara de la main gauche de Cécile, la posa sur le bord de mon épaule droite.

«Vas-y...»

Un instant, tout resta en suspens.

Puis doucement la main glissa sur l'arrondi de l'épaule, pivotant autour du pouce logé là où naît la clavicule. S'arrêta pour tâter doucement le gras du bord de l'aisselle. Puis sembla hésiter: elle venait de rencontrer ma toison, incongrue pour elle à cet emplacement.

Cécile, face à moi, concentrée, le bras tendu, peut-être à cause de ses yeux morts qui fixaient l'éternité, semblait une prêtresse de bas-relief égyptien. Ou bien Isis à la recherche d'Osiris, morcelé dans la nuit...

Anne nous contemplait, appuyée sur un coude, en fumant, d'un air absorbé.

La paume se creusa en quête d'une rondeur qu'elle ne trouvait pas. Un émoi inconnu me saisit au moment où la main s'applatit pour palper le sein, tandis qu'un doigt tournicotait autour du tétin. Je me sentais autre en moi. Féminin. Je voulais fuir, arracher la main, mais plus fort que moi, un engourdissement béat me soumettait à la main. Sans doute me suis-je trahi car j'aperçus Anne qui m'adressait un petit sourire carnassier, les sourcils haussés.

Le bout des doigts surfa ensuite sur les vagues de poil pour se rendre de l'autre côté. À peine s'appesantirent-ils un instant sur le pendant, comme pour en constater la parité avant de revenir au centre. Cela me frustra: j'avais envie qu'elle me caressât les seins. Nous aurions été seuls, je le lui aurais demandé. Mais Anne, là...

La paume en éclaireur, les doigts ratissant large, la main descendit vers les abdominaux qui firent les beaux, durcis pour la caresse. Peut-être aussi pour dissimuler le pli de peau qui tentait de disparaître, en vallonant le reste. Passé le nombril que le pouce contourna, la main s'arrêta.

Cécile raidie restait en attente.

À l'appel du méat encore tout enflammé, le tronc de ma bite commençait à gonfler un peu plus à chaque pulsation. J'étais mal à l'aise. Tout m'était équivoque. Je ne savais plus que désirer, pris entre deux besoins impérieux. Arracher la main: c'en était assez! Qu'elle continue, lentement, doucement...

Assise en tailleur, les fesses sur l'oreiller, Anne hiératique nous fixait. En elle le désir était en train de devenir besoin. Une main tâtonnait tout en haut de la cuisse; l'autre, sporadique, creusait la toison. Au bout des seins gonflés, un peu fléchis, les tétins brunâtres et durcis.

«Qu'est-ce que tu attends? Continue...» dit-elle d'une voix un peu essoufflée.

La main de Cécile trembla. Les doigts se recroque-villèrent vers le haut et le pouce étendu...

«Continue! Prends-là!...»

Cécile eut un frémissement.

«Ça me gêne... devant toi.

— Pourtant j'étais là tout à l'heure quand tu caressais son cul... Continue!»

Un tremblement. Puis lentement les doigts de nouveau se déployèrent. Dans un premier temps, comme intimidés, ils firent un détour à la frontière du pubis, pour aller échouer dans le pli de l'aine. Le pouce déjà frôlait la couille qu'il fit semblant d'ignorer pour mieux y revenir, sous prétexte de remonter. J'étais tendu dans l'attente de cette main qui négociait son plaisir. Enfin frôlant les crins, trois bouts de doigts effleurèrent la bite en remontant sur le coté. De joie, elle en eut un sursaut. La main s'en écarta.

«Prends-là!»

Les doigts obéirent à la voix d'Anne. Tout d'abord papillonnant le long de la hampe. Arrivés au pied du gland décalotté, ils se mirent à glisser le long du repli, interrogeant le frein qu'ils venaient de découvrir. Soudain l'autre main, glissant dans mon entrejambes, alla empaumer les rondeurs de mes couilles gonflées.

Je brûlais.

Anne nous fixait, une main dans le creux, l'autre sur la poitrine.

«Prends-là! Il adore ça!»

Cécile avait perdu son masque de statue. Les narines se pinçaient; les lèvres rentrées contenaient avec peine la langue que l'on devinait frémissante. Je découvris avec tendresse et appétit, aux pointes qui soulevaient le tissu de son tee-shirt, deux petits seins que j'avais jusque-là ignorés.

Sa main, d'abord hésitante, empoigna ma bite, la serra, la relâcha et découvrant le jeu de la peau, la fit coulisser. Puis remonta. Elle me fit un peu mal, mais je fus bouffi de joie et aussi de tendresse par son geste maladroit: j'étais son premier branlé.

Anne s'empourprait, le cou tendu, sa main gauche chiffonnant le sein, la droite sautillant frénétiquement entre les grands lèvres cramoisies.

«Tu vois, c'est ça son affaire. Sa pine! Sa bite! Son morceau!» Sa voix haletait. Son corps trépidait. Le sommier m'en propageait les sursauts. «C'est ça qu'il allait me mettre dans la chatte, le salaud! Bien au fond!»

Cécile écoutait stupéfaite, subjuguée par la voix d'Anne. La main à l'arrêt. Les doigts en cerceau sur la tige palpitaient faiblement.

«Maintenant, goûte-là!»

Cécile eut un frisson. Hésita. Puis comme poussée par une contrainte, se pencha lentement avec effort, ses jambes fléchissant.

D'abord ce fut son nez qui buta sur le gland. Son souffle l'effleura. Puis, guidé par la main qui s'était affermie, le coussinet des lèvres tièdes butina le bord du dôme enfiévré jusqu'au sommet. Une pointe chaude commença à me patiner, grandissant à chaque lapement jusqu'à devenir langue au grand contentement du méat carbonisé qui lui fit l'offrande de sa goutte. Je sentais naître la giclée.

Puis tout fut calme et volupté. Un étui de douceur revêtit mon membre en descendant tandis que les deux bords d'une langue chaude le chemisaient. Temps d'arrêt. Puis Cécile redressa la tête, les lèvres serrant la tige tout en coulissant, jusqu'au haut du gland. Un souffle éventa mon sexe électrisé.

Soudain la bouche s'agrandit pour me quitter. Une bouffée de révolte me sublima. Je mis mes mains sur sa tête pour m'y enfoncer. Tout mon corps hurlait: «Maintenant ou jamais!»

«Arrête!» Anne en furie se jeta en travers du lit, pour ôter mes mains de la tête de Cécile.

«Arrête, laisse-la!» S'adressant à Cécile: «Lève-toi de là, il va décharger... T'aimeras pas ça!»

Cécile trébucha, étourdie, bouleversée et par ma brutalité inattendue et par la fin brusque de cette complicité jusqu'alors implicite et entendue de nous trois. Elle me lâcha. Ses deux mains s'agrippèrent à mes genoux, pour reprendre l'équilibre. Puis pesèrent tandis qu'elle se redressait.

J'étais outré. En totale perdition. Le sexe douloureux hurlant misère. Tous mes nerfs sur un fil entre explosion et implosion. Suspendu entre rage et retenue, à la merci d'un rien qui pourrait tout déclencher. Tout quoi? Peu importait. Qui me libérerait de moi.

«Je crois que nous sommes allés trop loin, dit alors Cécile.

— Nous? dit Anne.

— Oui toi, Henri et moi. Il est des jeux qui ne se jouent pas à trois, j'imagine.» Se tournant vers moi: «Pardonne-moi, Henri, mais de toute façon je n'aurais pas pu... J'ai peur des hommes, même de toi...»

Insensiblement elle faisait marche arrière, s'éloignant du lit. Mieux valait. J'étais simultanément calme et exacerbé, la bite raidie, prête à éclater.

Anne brusquement captura mon cou. Ses lèvres écrasèrent les miennes, sa langue les força. Je la fis basculer en arrière tout en lui mettant la main sur la vulve humide aux nymphes entrebâillées. Mon majeur entra sans même les toucher dans le con inondé. D'où montait le fumet aigrelet de la cyprine échauffée.

Je crois qu'elle m'a dit: «Viens!» De toute façon, déjà baignant dans son con, je la pilonnais, cherchant ma délivrance. Montait la tempête, montait la marée. Le dernier souvenir que j'en ai, c'est le cri strident d'Anne qui jouissait, une Anne en fer sous moi, tandis qu'en silhouette, dans le cadre de la porte, Cécile immobile. Après je ne sais plus. Je crus m'entendre hurler tandis que le présent se déchira dans le flot de feu qui m'emporta lors de la décharge dans le temps aboli.

«Pourquoi as-tu fait ça?»

C'était presque la fin du reflux: encore flottant mais le présent s'imposant peu à peu. Petit à petit le drap râpait un peu, la crampe naissait dans le creux où la tête aimée était venue se nicher. Anne, le corps encore tiède de nous, commençait à frotter lentement ses cuisses en biseaux. Anne avait envie.

Rite devenu jeu: chaque fois, Anne retenait tant qu'elle pouvait l'envie d'uriner qui commençait à la tarauder dès les spasmes passés. Non par masochisme, mais le fait de se lever — qu'elle retardait de son mieux, frôlant quelques fois le désastre! — rompait la magie. Nous n'étions plus alors des dieux ou des demis, chutant en planant de leur paradis, mais de nouveau Anne et Henri, à poil, un peu flapis qui devaient se rhabiller ou se couvrir, le frais revenant.

Pour retarder ce moment-là, Anne — avec ma complicité — aurait fait n'importe quoi! Elle prit la balle au bond.

«Quoi, ça?

— Anne, voyons, tu sais bien de quoi je parle! Cécile...

— Chut! Pas si fort! Elle n'est pas sourde.

— Non, mais elle a fermé la porte en sortant... Tu ne crois pas que ce petit jeu a traumatisé Cécile?»

Anne se dégagea, à regret de son creux, puis s'assit sur le lit, prenant sur la table de nuit une cigarette qu'elle alluma lentement. Puis expira d'un air ravi la première bouffée.

«Bon, puisque tu le veux, c'est parti, mon kiki! J'ai fait quoi à Cécile?

— La séance de tout à l'heure... Je ne te connaissais pas sous cet angle-là. Madame serait-elle partouzeuse?

— Madame n'a pas commencé. Elle a géré l'imprévu, c'est tout! D'ailleurs tu n'as pas laissé ta part aux chiens! Monsieur n'avait pas l'air de se plaindre! Même que mô-ssieu! qui fait son chatouilleux se serait bien tapé la sœur de Madame si je n'avais mis le holà! Alors pour ce qui est de faire la morale, tu repasseras...

— Ce n'est pas mon intention! Ce que je veux dire, c'est que Cécile a peut-être été blessée...

— Henri, voyons, ce n'est pas une enfant! Elle a vingt-trois ans et couche avec Aimée depuis belle lurette! C'est parce qu'elle est aveugle que tu te sens gêné?

— Pour être franc, un peu...»

Anne épousseta un peu de cendres sur son sein gauche. Prit une grande bouffée avant de poser la cigarette dans le cendrier.

«Faut que je fasse attention. Un de ces jours, je vais foutre le feu...» Elle se retourna vers moi. «Foutre le feu... ça vient quand on ne s'y attend pas et c'est tant mieux!» Puis elle me regarda dans les yeux.

«Tu veux toujours savoir quoi est quoi et vice-versa, c'est le cas de le dire! Fais attention, c'est ton coté lassant. Ne peux-tu pas prendre la vie comme elle est?

— Anne, ne te fâche pas, je disais ça comme ça.»

Petits frottements des jambes.

«Écoute-moi... Cécile est ma sœur préférée. Entre elle et moi, il y a une complicité dans tout ce qui peut être vécu par une aveugle et une voyante. Quelquefois, elle a besoin de moi pour explorer un univers nouveau. Et Dieu sait s'il y en a pour une aveugle! D'autant plus que, quand on ne voit pas, on est conservateur par nature. Un pas hors de la routine est une aventure, une mise en danger que l'on que l'on franchit mieux accompagné par quelqu'un de confiance. Y compris pendant les voyages dans notre intimité...Tu vois?

— Je vois...

— Pour ce qui est de tout à l'heure, tout s'est improvisé. Elle avait l'occasion de te voir au toucher. Elle n'y a pas résisté. Quand tu t'en es aperçu, ce fut pour elle équivoque. C'est pourquoi je l'ai guidée. Quoique ses mains ne cherchaient pas la même chose que les miennes quand elles sont sur toi. Puis toutes les deux, on s'est prises au jeu. De te voir t'exciter sous ses doigts m'a mis délicieusement en feu. Quand elle t'a pris dans sa bouche, je savais ce qu'elle ressentait. C'est pour ça que je l'ai interrompue. Le sperme est écœurant quand il est inattendu. Je ne voulais pas qu'elle soit heurtée. Je préfère qu'elle garde le désir de toi, même frustrée...

— Héhé, y a du vice là-dedans! Avoue que tu n'en pouvais plus! Je t'ai vue. Tu mourais d'envie de baiser...

— Évidemment! Je l'avais même avant qu'elle arrive, figure-toi! Ça n'en fut que meilleur, d'accord. Mais il n'y avait pas que ça. En vous voyant l'idée m'est venue de... Merde, je n'en peux plus! Il faut que j'y aille, sans ça je fais pipi au lit!»

Anne se leva d'un bond, courut vers la porte et sortit en trombe.

Dans le salon à côté, j'entendis le son sourd d'une discussion à la télévision. Sans doute un «show de chaises» comme on dit. Je me levai et partis à la recherche de mes vêtements, éparpillés sur le tapis autour du lit. Anne revint l'air détendu et souriante.

«Ouf, ça fait du bien par où ça passe! Presque comme... Ne soyons pas «vuljaires», comme dit tante Emma!» Elle s'assit sur le bord du lit et passa sa culotte.

«C'est con que tu ne puisses pas rester! J'aurais tant aimé que tu passes la soirée avec nous», dit-elle en haussant la voix.

Tout en enfilant mon jean, je lui fis signe que j'avais compris.

«Ben oui, je suis attendu...»

Anne enfila son tee-shirt qui devenait une seconde peau tant il collait à sa poitrine.

«Ah! les hommes, tous pareils! Une fois qu'ils vous ont baisée, adieu la visite!»

Là je trouvais qu'elle en faisait un peu trop. Je lui fis les gros yeux. Me prenant par le bras elle m'emmena au salon. Affalée sur le sofa, la tête sur un coussin de cuir patiné par l'usure, Cécile écoutait trois hommes à Radio-Canada qui vaticinaient sur les accords du lac Meech.

«Vous avez déjà fini, les amoureux?»

Elle tourna la tête vers moi: «Tu t'en vas? Excuse-moi: pour tout à l'heure, mais...

— Non, non tu n'as pas à t'excuser... c'est moi qui...»

J'étais en train de perdre pied. Anne me fit les gros yeux à son tour en agitant l'index. Tant qu'à mettre les pieds dans les plats...

«D'ailleurs si Anne n'avait pas été là, je me serais laissé violer... Bon il faut que je parte!» Me penchant, je déposai un baiser furtif sur la joue de Cécile, juste au coin de la bouche.

Anne me raccompagna jusqu'à la porte, m'enserrant l'épaule, une fois rendus sur le palier. «Merci», me souffla-t-elle avant de m'embrasser goulûment. Reprenant son souffle : «J'aurais tant voulu que tu restes... La prochaine fois.» Puis à voix plus haute : «Bonsoir! Je te téléphone demain.»

J'étais déjà parti rejoindre le soir couchant dans le parc Laurier.

Je ne suis pas un homme à femmes. Je vis, je meurs une liaison à la fois. Non pas que les femmes, autres que celles du roman du moment, me soient indifférentes. Loin de là. Je sais apprécier une démarche, un cul mignon qui balance au hasard d'un trottoir. Il m'arrive même de rêver de futurs incertains à la vue des proéminences d'un pull ou d'un débardeur appelant la main. Sentiments furtifs ou fugaces qui ne me marquent pas. En amour, je suis bourgeois, fidèle un peu par commodité, beaucoup par romantisme quelque peu échevelé.

Enfin, dans la vie quotidienne, je ne suis sexuellement obsédé que par celle que j'aime au présent. Les autres femmes que je côtoie ne redeviennent sexy qu'après rupture du grand amour. Avant, pendant, tout en les sachant femmes, elles n'ont aucun attrait pour moi. Sexuellement, s'entend!

C'est pourquoi dans les jours qui suivirent, je fus un peu étonné de penser parfois à Cécile. De rougir en revivant le passé. Non de honte mais d'envie. Je ne connaissais rien d'elle. Qui plus est, j'avais l'impression qu'avec ses mains elle m'avait questionné et que je n'avais su lui répondre. Je cherchais à chasser des pensées qui ne menaient à rien. Tout ceci n'était que hasard et fantaisie d'Anne, mon grand amour.

Celle-ci — hélas! — ne me fut d'aucun secours. Au contraire.

Ainsi, le samedi suivant, Anne et moi allâmes au cinéma voir *Good Morning Vietnam*. Avant de rentrer chez elle, Cécile étant partie chez Aimée pour la fin de semaine, ce fut d'abord au restaurant qu'Anne me parla de sa soeur.

«Cécile te trouve formidable, tu sais! Non seulement parce que tu as été gentil avec elle, mais par-dessus le marché à cause de ta beauté. Enfin selon ses critères! Sauf qu'il paraît que tu es un peu gras en haut du ventre... Tu avais beau rentrer le ventre, elle a découvert ça! C'est vrai qu'un kilo ou deux en moins, ça t'irait mieux.»

Je ne sais pourquoi cela me gêna. Je sautais du coq à l'âne en parlant d'un autre film qui «était à voir» d'après les copains de travail.

Plus tard, dans la nuit, alors que j'étais encore tout alangui de la dernière chevauchée, Anne, s'asseyant sur mon côté, posa ses mains sur mes épaules, puis les glissa doucement vers mes seins qu'elle se mit à manier de plus en plus durement.

«Arrête, tu me fais mal...

— C'est vrai? Tu aimais ça, pourtant, avec Cécile...

— Oui mais pas si fort... Oh puis arrête ça!»

Quelques instants plus tard ses mains palpaient la bite encore mollette. Elle en fit saillir le gland décalotté encore un peu flageolet.

«Le petit paresseux! Comment Cécile a fait déjà?» Elle le happa d'un coup.

Je ne sais pourquoi, je devins furieux.

«Tu vas m'arrêter ce petit jeu-là! Okay!»

En guise de réponse, elle m'aspira en creusant les joues.

«Tu m'entends?» Je retirai la tête brutalement. «Ne me parle plus de Cécile, veux-tu?»

Anne, les yeux brillants, feignit l'air étonné.

«Oui maître! À vos ordres, maître! En tout cas, ça te fait de l'effet.»

Ce disant, elle lâcha le membre à nouveau bandé.

«Tu es une vraie salope!

— Oui, dit-elle, la tienne. Viens!» Ce disant, elle se renversa sur le coté en entrebâillant les cuisses en haut desquelles, sur la toison châtain, luisaient des souvenirs de l'étreinte première.

Je me coulai sur elle, avançant sur sa peau à bouche goulue, jusqu'à ce que mon membre lourd et gourd frôle l'entrée de la caverne sacrée. Une main le guida, deux jambes encerclèrent mon dos déjà bombé et...

C'est chaque fois la même chose. Semblable et jamais pareil.

Le jeudi suivant, comme d'habitude, on se retrouva. Cécile était absente. Je préférai quand même garder la porte fermée.

«Mais on n'entendra pas le téléphone...

— Eh bien tant mieux, on n'est pas là!

— Et si c'est Cécile? Justement, elle m'a dit que si elle rentrait plus tôt, elle téléphonerait pour nous avertir.»

La porte resta donc ouverte.

Une autre fois...

Aplatie sur le lit, Anne geignait ravie. Je lui faisais feuille de rose. Ma langue se perdait en volutes pour charmer l'œillet et ouvrir le chemin des voluptés secrètes. Déjà un doigt, au pied de la raie, cherchait à entrer dans la place, entre deux lapements.

Cela l'électrisa.

«Oh! c'est trop bon! dit-elle. Je vais devenir folle. Encule-moi.»

Ce disant elle se redressa, sortit du lit et me prit par la main :

«Viens!

— Où ça?

— Sur le sofa...»

J'hésitai un instant...

«Mais... Si Cécile... Déjà que tu cries...

— Tant pis! Ou tant mieux... Je veux sentir l'odeur du cuir pendant que tu me bourres! Si Cécile vient, ça n'en sera que meilleur. Quand j'ai peur, je serre!»

Heureusement ou pas, Cécile ce soir-là revint comme à l'ordinaire. À huit heures et demie, nous avions rejoint le lit.

C'est ainsi que petit à petit, bien que ne la voyant que par accident, entre deux portes, une arrivée ou un départ, un repas pris ensemble par hasard, Cécile prit de plus en plus d'importance dans nos vies.

À chacune de nos rencontres, Anne, ça et là, glissait un: «Cécile a dit ci, Cécile a fait ça.» Insidieusement, par touches légères, sans trop insister. Cécile préparait ses examens en informatique, et j'étais émerveillé par cet effort de volonté qui ne s'appuyait que sur la mémoire de l'ouïe et des doigts sur le clavier.

Le jeudi et la fin de semaine, je ne faisais que la croiser. Pourtant on prenait le temps, un peu plus chaque fois, d'échanger quelques mots et de parler de soi. En fait, sans que je m'en aperçoive, Cécile me prenait par le point faible masculin: elle me faisait parler de moi.

Une fois ou deux, je vis Aimée qui venait la chercher. Les voir toutes les deux se tenant le bras, le torse droit, les yeux morts, marcher d'un pas à la fois hésitant et appuyé, avait quelque chose de terrifiant: on aurait dit les Parques en vacances. En moi montait la peur du sacré.

C'était d'autant plus étonnant que cette impression disparaissait lorsqu'on les rencontrait séparément. Aimée me semblait même plus gaie, plus avenante. Plus brusque aussi. Des deux, était-ce l'homme? Je ne sais.

Arriva la fin du mois de mai et des examens. En juillet, Cécile et Aimée devaient s'installer dans un appartement spécialement aménagé pour elles, sur la rue Saint-André.

Notre liaison ayant résisté au temps, même si la fougue commençait à perdre pied, Anne et moi envisagions d'habiter ensemble.

Pour commencer, abandonnant mon studio sur Laurier qui me coûtait les yeux de la tête, j'emménagerais dans l'appartement d'Anne. Après... Nous commencions à rêver à voix haute...

Mine de rien, déjà le samedi après-midi nous faisions les magasins, badauds devant les articles de ménage, dans le genre robot, lave-vaisselle. On ne se mariait pas, on faisait comme si...

Un samedi après-midi, entre deux designers de la rue Saint-Denis, on fit la pause à la terrasse du café la Polonaise. Nous étions seuls en plein vent sous le soleil et l'admiration des passants pour notre courage! En ce début de mai, le fond de l'air était encore un tantinet frisquet.

Après que la serveuse, étonnée par ces vaillants précurseurs de la saison, nous ait porté nos bières, Anne se cala sur la chaise, prit un air embarrassé, et me dit :

«Ça tombe bien qu'on soit seul. J'ai quelque chose à te demander...

— Ah bon! Vas-y...

— C'est que... C'est à propos de Cécile... Je ne sais pas comment te dire. Aide-moi!

— Moi je veux bien, mais il s'agit de quoi?»

Anne, embarrassée, sortit un paquet de cigarettes de son blouson. En choisit une lentement, qu'elle eut du mal à allumer. Puis savoura la première bouffée, tout en me regardant de côté.

Je commençais à connaître ma bête: elle cherchait à gagner du temps.

«Anne, ce n'est pas grave au moins?

— Oui et non... Ça dépend comment on l'entend... Je ne sais par où commencer...»

— Prends ton temps... Et commence par le commencement!»

Rien de tel qu'un lieu commun: les gens s'y sentent en pays familier.

Anne réfléchit un instant, prit une gorgée, puis une bouffée, posa le coude sur la table et...

«Avant tout, il faut que je t'explique. Surtout ne m'interromps pas, sans ça je perds le fil des idées. Bon. Cécile et moi on est très proches même si chacune a sa vie. Je l'admire, tu sais: il faut une volonté d'acier pour être presque autonome dans son état. Elle décide de sa vie, mais encore faut-il qu'elle puisse avoir le choix. Choisir, c'est connaître, et de là, préférer. Tu me suis?

— Jusque-là, ça va…

— Tu connais la liaison entre Cécile et Aimée. Quand elles vont vivre ensemble, elles seront dans un monde fermé. Celui de la cécité, mais aussi celui du lesbianisme qui est encore plus étroit. Cela m'inquiète…

— Pourquoi?

— Parce qu'au fond Cécile ne sait pas si elle est vraiment lesbienne, même si elle l'est un peu par la force des choses. Elle n'a jamais connu de garçons… enfin je me comprends. Les occasions, pour les aveugles, n'abondent pas, n'est-ce pas? Elle a trouvé en Aimée ce que je ne pouvais pas lui donner: la tendresse des sens et la complicité des besoins révélés…

— Là je ne te suis pas. Qu'est-ce que tu veux dire par là?

— Eh bien, c'est un peu comme nous. Au début, on a eu besoin de faire l'amour ensemble, au moins une fois. Par la suite est venu le plaisir que l'on donne, bien plus qu'on ne prend. C'est la tendresse des sens. Enfin il y a la liberté des aveux. Je suis bien avec toi parce que, pour le moment — plus tard, je ne sais pas — avec toi… dis-je, je peux non seulement refuser, mais encore me sentir libre de te demander ce que je veux: mange-moi, par exemple… Ce n'est pas avec tous mes amants que j'ai pu vivre ça. En fait tu es le seul.

— Cécile, dans tout ça? Je ne vois pas le problème.

— J'y arrive. Pour vivre cet état, c'est-à-dire cette

les autres, et avec toi. En tant que femme, vis-à-vis de moi, vis-à-vis des hommes. Des autres femmes aussi. J'ai pu faire mes choix, en connaissance de cause. Cécile, non.

— Elle a choisi de vivre avec Aimée.

— Non. Ce n'est pas un choix. Elle s'en rend compte. Même si dans le fond je crois qu'elle l'aime. Elle sait que ce qui lui manque, c'est la connaissance de l'homme. Autour d'elle, aveugles ou pas, il y a trop de ces femmes qui haïssent l'homme parce qu'elles ne le connaissent pas, ou par peur de le connaître. Note qu'on peut haïr les hommes pour de bonnes raisons! Mais encore faut-il les avoir essayés. Cécile est totalement d'accord avec moi, là-dessus.

— Tout ça, c'est bien beau, mais que peut-on y faire ?

— Justement, le temps presse puisqu'à la fin du mois, elles se mettent en ménage, et pour longtemps. C'est un peu comme avant d'entrer au couvent: il faut qu'elle n'ait plus de doute sur sa vocation. Donc il faut qu'elle baise avec un homme avant.»

La chute me laissa pantois. Que répondre à cela? Je pris un chemin de traverse.

«Tout cela est bien beau, mais ça ne laisse pas beaucoup de temps: on est déjà le seize. Où trouver le partenaire pour l'essai?»

En me retenant de sourire.

«Cécile et moi, nous y avons réfléchi, tu penses! D'autant plus que ça ne peut pas être n'importe qui... Il faut qu'elle le connaisse, qu'elle ait confiance... Bref il n'y a pas trente-six solutions...

— Et c'est?...

— Toi!»

Je sursautai sur ma chaise. Anne ne riait pas. Pire, elle avait l'air vraiment sérieuse! Je pris une gorgée de bière, pour m'en remettre.

«Voyons, tu n'es pas sérieuse.

— Et pourquoi donc?

— Ben, de but en blanc, tu me demandes de faire l'étalon pour Cécile! Je ne m'attendais pas à ça. Tu joues les entremetteuses à présent?

— Oui quand il le faut!

— Ah bon! Et sans doute comme l'autre fois, tu veux tenir la chandelle?

— Non, je ne serai pas là. Voyons ce n'est pas une corvée! Si je me rappelle bien, Cécile te fait de l'effet. En plus tu lui plais. Elle te trouve intelligent. Ce qui, pour elle, est une forme de beauté…»

Un instant me revinrent en mémoire les deux petits seins tendus sous le tissu du pull, trahis par leur pointe. Deux mains parties en voyage sur mon corps énervé. Puis celui d'un étui de douceur enrobant ma bite, les lèvres coulissant le long de la hampe électrisée.

Je fus tenté. La vertu mais aussi la prudence reprirent le dessus.

«Anne, il n'en est pas question! Je suis avec toi, je n'ai pas envie de coucher avec d'autres, pour quelque raison que ce soit.»

Anne me prit la main. Illuminée par ce sourire radiant auquel je ne résiste pas, aujourd'hui encore.

«Oh Henri! Alors tu m'aimes, dis?

— Oui!

— Alors, prouve-le moi. Couche avec elle!»

Cela me laissa sans voix.

«Henri, je te le demande! Pour elle et pour moi.»

Mieux valait remettre à plus tard la suite de la discussion.

«Si c'est comme ça, ben… Okay.»

Anne se pencha, m'embrassa au vol.

«Henri, tu es un amour! Viens, on y va!»

Sitôt sortis de la terrasse, Anne héla un taxi. Ce qui m'étonna.

«Où va-t-on?

— Je te laisse à la maison. Je vais passer la soirée chez Arlette...

— Mais pourquoi...

— Cécile t'attend...»

Elle m'attendait dans le salon, allongée sur le sofa noir, la tête sur l'accoudoir, vêtue d'une robe en vichy, pieds nus, les cheveux châtains coupés courts, un peu ébouriffés.

À coté, sur la plaque en verre de la table à café, il y avait une bouteille de whisky et deux verres. Propres.

«C'est toi, Henri?...

— Oui...»

Elle se releva. Au tremblement de l'étoffe, on devinait dessous les seins en liberté.

«C'est dur d'attendre... Je croyais que tu ne viendrais pas...

— Anne vient tout juste de me parler de...

— Chut! Assieds-toi là!» dit-elle en tapotant le sofa à coté d'elle. Ce que je fis.

«Tu es gentil!» Ce disant, sa main avait atteint ma joue, qu'elle frôla comme pour la caresser. «Je n'ai pas oublié, tu sais...»

Cela me gêna.

«Écoute.

— Chut! Je sais! Tu sais! J'ai peut-être envie de toi, toi de moi peut-être, et Anne le sait, puisque tu es là. Alors n'en parlons pas.»

Sa main pelotait mon cou.

«Sers-nous un verre... Pas de glace pour moi. Si tu en veux, tu sais où c'est...»

Je remplis les deux verres à moitié. Lui en mis un dans la main. Elle prit une gorgée, puis se mit à tousser.

tousser.

«C'est fort... Je n'ai pas l'habitude, tu sais... Mais aujourd'hui, c'est spécial! Buvons à nous autres. Un autre toi, une autre moi...»

Son visage souriant et crispé dégageait à la fois tendresse et mélancolie. Je ne savais plus si elle me faisait envie ou pitié.

«Cécile, je bois à toi. Je t'aime bien, tu sais.»

Elle hocha la tête, tout en glissant sa main sur ma nuque.

«Pour l'instant, le bien est de trop... Henri, veux-tu jouer avec moi? Non, pas à ce que tu penses, du moins pour tout de suite. Jouer à s'apprivoiser?»

Son verre chercha le mien. Je le relevai pour aller à sa rencontre. Le tintement scella mon acceptation.

«Ce whisky est un élixir: fais-moi boire une gorgée de ton verre, moi je boirais dans le tien.»

Ma bouche alla à la rencontre du verre qui la cherchait dans un geste aérien, tandis que je posai le bord du mien sur le bas de la lèvre couleur œillet.

«Merci! Buvons au début des temps!»

Nous prîmes une rasade en même temps. Longuement. Secouant la tête, Cécile s'ébroua; l'alcool la brûlait. Moi, il m'apaisait.

«Je...

— Chut! Henri, ne dis rien. Par magie, toi et moi, nous voici au début de l'Humanité. Tout est encore à inventer. Nous sommes les premiers.

— Adam et Ève?

— Je ne suis pas née de toi. Je suis Lilith la première, créée en même temps que toi...

— Lilith?

— Je suis la femme cachée par les scripteurs de la Bible. Celle par qui le plaisir fut inventé...»

Se levant, elle posa son verre, me prit le bras, et sans hésitation, fit le tour de la table en verre sans

et adoucis, ses yeux, à demi fermés. Ils étaient gris-bleu: je les regardais pour la première fois.

Tout en tenant mon bras, bien plus pour le guider que pour s'y appuyer, elle me mena dans sa chambre, où je n'étais jamais entré.

C'était d'abord l'Ordre.

Tout semblait posé là où il le fallait. Même les distances paraissaient avoir été calculées. Le lit large et bas était fait au carré. Impeccable. En guise de dessus, un drap de percale lilas.

Elle se serra contre moi. Un certain émoi commençait à me gonfler la poitrine, tout de tendresse et de curiosité. Je voulus prendre ses lèvres. Elle me fit glisser sur le côté.

«Que tu es pressé!» dit-elle.

Puis, jetant le cou en arrière: «Pour Lilith, la bouche est sacrée. Je ne suis pas Ève qui n'a eu qu'à se coucher! Il faut d'abord tout inventer. Même le baiser!

— Tout?

— Nous venons juste de naître. C'est le début des temps, tu sais. "Au début était la Parole, et la Parole était Dieu. Toutes choses ont été faites par elle. En elle était la vie, la vie était lumière, et les ténèbres ne l'ont point reçue."

— Ah oui, la Genèse...

— Non, Saint-Jean.»

Cela me déconcerta. Je me sentis puceau, ne sachant plus que faire ni ce pour quoi on était là. Presque comme la première fois.

Sa main tâta un instant la commode, puis trouva un grand carré de soie.

«Henri, viens ici...»

Je m'approchai d'elle, gauche, vaguement amoureux.

«Assieds-toi sur le lit. Je vais te bander les yeux...

— Mais pourquoi?

— Pour jouer le jeu, il faut que nous soyons égaux. Et puis pour reprendre Saint-Jean, si la vie est lumière, les ténèbres ne l'ont pas reçue. Tout comme moi, tu as un corps à inventer. Celui de l'autre.»

J'hésitai un instant. Je n'aimais pas tellement la tournure des événements. D'un autre côté... Elle le sentit :

«Henri, sois gentil. Fais-moi plaisir, s'il te plaît! Ça te gêne tant de ne rien voir pendant un moment? Pour te dire vrai, ça me gênerait de me déshabiller devant toi. Je ne pourrais pas. Toi, si tu me vois me mettre nue, ça peut t'exciter. Moi, je ne le peux pas. Alors, chances égales, partenaire?»

En guise de réponse, je m'assis sur le lit, palpant d'une main sa taille qu'elle avait mince et courbée. Me tapotant le bras au passage, elle me mit d'abord deux carrés de coton sur les yeux qu'elle sortit je ne sais d'où. Cela me rendit nerveux pendant qu'elle me bandait les yeux : c'était moelleux et collant.

«La main de monsieur est bien pressée... Les ouates, c'est pour t'empêcher de tricher.» Je sentis serrer le nœud sur la nuque. «Ça y est! Maintenant, passe de l'autre côté du lit. On se déshabille, chacun de son côté.»

Ma main s'attarda sur le haut du rond de la fesse.

«J'aimerai mieux te le faire, moi...»

Elle détacha mon bras de sa taille.

«Henri, tu es Adam, je suis Lilith. L'amour est à naître. Au début, avant même de se découvrir, il faut s'inventer. Se créer par la parole. Tu n'as jamais eu envie de recommencer la vie?

— Si.

— Henri, j'ai voulu ce moment avec toi, pas pour me faire prendre, ou baiser, appelle ça comme tu veux, même si j'ai envie de le vivre, au moins une fois. Mais pour essayer de comprendre son chemine-

fois. Mais pour essayer de comprendre son cheminement à travers moi, comme à travers l'autre, en interaction de nos langages communs: la bouche et les doigts.»

Puis elle ajouta avec la même petite voix enfantine que la fois où... «Tu le fais, pour moi, dis?

— Okay d'abord!»

Me levant, je restai un instant interdit, ne sachant plus comment bouger. J'eus enfin une idée. Le bas de la jambe frottant le matelas, il me servit de rail. Je fis le tour du lit gauchement et un peu désemparé. Cécile le comprit.

«Ça va?

— Oui, oui, j'y suis...

— On y va? Vas-y!»

Je commençai à soulever mon col roulé.

«Qu'est-ce que tu fais?

— Ben, je me déshabille!

— Tu enlèves quoi?

— Mon col roulé...

— Moi je suis en train d'enlever ma robe. Je l'ai autour du cou. Voi-là! Chaque fois que je fais ça, j'ai l'impression que mes seins respirent. Pas toi?

— Moi? Mais je n'ai pas de seins.

— Mais si. Ils sont plus petits que les miens, plus mous et plus plats. Tout couverts de poil. Mais tu en as...

— Bon, enfin si tu veux...

— Qu'est ce qu'il y a? Tu n'aimes pas que je te le dise? Peut-être que ça ne fait pas masculin? En tout cas, j'aime les tiens: ils sont doux au toucher. Qu'est-ce que tu fais?

— Je défais ma ceinture.

— J'aurai fini avant toi, j'en ai moins à enlever... Je t'attends avant d'enlever ma culotte. Maintenant, où en es-tu?

— Je descends mon pantalon.

— Le slip est comment?

— Je ne suis pas en slip mais en caleçon. Je l'enlève en même temps. Ouf ça fait du bien!

— Où ça?»

En sortant du pantalon, je perdis un peu l'équilibre. Je me rattrapai à tâtons. Cela me mit dans le jeu.

«À mes couilles, tiens! Elles avaient chauds. Ça doit être la même chose qu'avec tes seins. Et toi, où en es-tu?

— Je finis d'enlever ma culotte. Je suis nue...

— Comment est ta chatte?

— Comment est ma quoi? Ah oui! Eh bien, un peu drôle, entre... Je ne sais pas moi! Mes poils... J'en ai très peu, tu sais, beaucoup moins que toi, tu verras. Mes poils sont un peu tièdes à cause de la sueur mais ça va passer...»

Soudain un fait me frappa. Petit à petit, le nom des choses devenait abstrait. Dans l'obscurité je retrouvais quelque part en moi l'image qui leur correspondait; je savais leurs formes, leurs volumes, peut-être leurs textures, mais j'avais de plus en plus de mal à les imaginer dans leur réalité.

Seins, poils, chatte étaient des noms de choses perdues dans le rien. J'avais hâte de les sentir exister entre mes mains.

«Henri?

— Oui...

— Viens à ma rencontre!»

J'entendis le bruit assourdi d'un corps tombant sur le lit. La main prenant appui, je me laissai glisser lentement sur le côté. Une main toucha mon ventre. Puis remonta vers mon cou. Mon bras avait atteint une forme un peu forte. En remontant, je découvris le rond d'une épaule. Mon autre glissa entre les côtes et le bras, découvrant, surmontant le cul, le début du petit val des reins.

Ma cuisse gauche était malaxée par des doigts de

Des lèvres en pinçon sur mon cou marquèrent le champ pour une langue qui traça son sillon lentement vers le lobe de l'oreille. Ma bouche partit à sa rencontre.

«L'amour va naître de nos bouches...»

La sienne se rua contre la mienne, fouillant mes lèvres puis écartant les dents sans peine. Sa langue tiède et souple tournoyait autour de la mienne.

Ma nuit devint un incendie.

J'étais mouvements, frissons, bouches et doigts courus, courants, à la fois pris et prenant, découvrant de moins en moins au hasard de sa géographie, tout comme la mienne visitée par des vagues hâtives, les trésors de ma nécessité.

Je n'étais plus que sensations. Je me souviens d'avoir senti surgir le petit éperon d'un sein sous l'arrondi de ma langue; de deux doigts glissant en tapinois dans la moiteur d'une fente pour capturer un clitoris ferme et brûlant qui espérait le secours de ma langue; d'une peau à goût de prune pendant que ma bite se plaignait de joie, prise en un étau... Et tout ces sursauts, ces foudres prêtes à éclater que je contenais à grand-peine dans leur magma...

Elle avait un goût d'huître quand, entre les deux bords soyeux et brûlants, ma langue lissait sa perle avant que mes lèvres viennent l'aspirer.

Son bonheur me plongea dans la voie des douleurs. Tout se raidit sous moi, et deux griffes acérées, excités par un cri étiré, suraigu, jaillissant de l'abysse de notre nuit, punirent mon dos en longs sillons. Dans un sursaut, je me jetai sur le côté, pour me déprendre.

Me restait sur les lèvres un goût de moules et de fruits, tandis que mes narines étaient encore remplies de la fragrance amoureuse: musc teinté de lait suri. Il y eut comme un râle heureux finissant en un lent soupir.

«Henri... Je t'ai fait mal? Pardonne-moi, c'est le plaisir des dieux. Comme tu fais bien ça! J'ai cru mourir de plaisir...»

Je sentis une main tomber sur ma cuisse, la prendre pour chemin pour aller se refermer sur ma bite, presque tétanisée. Elle la tira doucement vers son côté.

«Le moment est venu... Viens dans moi!»

Glissant sur le lit, je la rejoignis. Ma main passa le long de la toison trempée par nos humeurs mélangées, laissant à l'autre la joie d'ouvrir la voie. Elle fit mine de s'arrêter sur un petit sein, un tout petit peu oblong, tentée de le froisser, pour ensuite retrouver le cou pour mieux s'y arrimer.

L'autre suivit les jambes qui vinrent se loger entre celles qui s'écartaient. Malgré mes sens exaspérés, je me souvins qu'elle était vierge. Guidée par ma main, ma bite frôla du gland l'entrée de l'antre. Je la sentis se raidir.

«N'aie pas peur. Détends-toi!

— Va!» murmura-t-elle, ses bras se fermant sur mon dos.

Je poussai plus loin. Autour de ma bite, tout était tiède et étroit. Je reculai un peu. Mes mains sur ses hanches s'apprêtaient à serrer pour faire diversion au moment de briser l'hymen.

Je donnai un grand coup de rein. Tout était rentré jusqu'à la garde. La peau retroussée tirait sur le gland qui, sur son passage, n'avait rien rencontré. Je marquai un temps d'arrêt, un peu déconcerté. Ainsi je n'étais pas le premier? Cela m'étonna, tout en me plaisant. Je n'aime pas ouvrir les voies.

Elle avait senti mon étonnement. Toujours tendu, son souffle vint tiédir ma joue.

«Aimée...»

Je me remis à la limer, d'abord tout doucement, puis avec des coups de plus en plus assurés. Mes mains, le long de ses flancs, cherchaient les ressauts de sa peau. Petit à petit le vagin humide et étroit se desserra. Je crus qu'il prenait ses aises.

Pourtant, au fil des bourrées, ma bite m'inspira un malaise. Tout autour d'elle était tendu et asséchant. Sous moi, les cuisses suivaient la cadence, les bras dans mon dos ne bougeaient pas. Je sentais Cécile s'éloigner de moi.

Pour la ramener ou pour l'étonner, de nouveau, je me mis à pilonner le corps souple et mou qui, à chaque coup, rebondissait avec le matelas. Peine perdue. Je m'arrêtai.

Une main me caressa le dos.

«Je... Je regrette... J'aurais tant voulu...

— Je sais.

— C'est bon tu sais... Mais pas comme je le voudrais... Continue! Peut-être que...»

Une grande lassitude s'empara soudain de moi. J'étais dans un ensemble flou où se chevauchaient la honte, la rage et la sérénité devant l'inévitable.

«Mais non. On arrête!»

Lâchant les hanches, mes mains cherchaient l'appui pour me dégager. À ma grande surprise, les bras de Cécile affermirent leur prise.

«Henri, attends un instant! Plus que jamais, j'ai envie de toi, pas comme ça, mais comme je le sens...»

Je trouvais ça gentil mais...

«C'est doux, tu sais. Ton sexe m'habite, mais il ne me comble pas. Nous n'y pouvons rien, c'est comme ça... Je crois savoir pourquoi.»

Bien qu'encore bandé dans le vagin qui commençait à se resserrer, pour moi l'intérêt devenait académique...

«Ah?

— Tu es Adam, je suis Lilith, la révoltée qui a inventé le plaisir. Pour me punir, Dieu donne à Ève qui doit enfanter une joie qui m'est refusée. Celle de jouir ensemble. Du moins Il le croit!... Ne sommes-nous pas les bouches sacrées qui prolongent la Parole?»

Je la sentis frémir sous moi.

«J'ai envie de te boire.»

Ce fut elle qui, doucement me dégagea. Aussitôt sortie, ma bite se mit l'aise. Bien qu'encore brûlante ou plutôt surchauffée, elle prenait un peu de mou tout en gardant sa vigueur. Elle ne resta pas libre longtemps. Une main l'empoigna, tandis que nous roulions sur le côté.

Une bouche butina à baisers légers ma poitrine tout au long de son passage, tandis que deux mollets venaient enserrer mes côtes. De nouveau mes narines captèrent un parfum de musc et de marée lorsque son écume échoue sur le rocher. Puis un frôlement de plume passa sur mon nez : une chair fendue et déjà mouillée recherchait mes lèvres.

Soudain quelque chose tiède et souple enveloppa mon sexe et le captura. L'univers devint doux; tout en moi flottait au gré du temps et s'étirait lentement vers cette bouche qui, à chaque mouvement, m'absorbait à petites sucées. Je fondais en volutes.

Montant mes bras en arceau, mes mains firent prisonnières les rondeurs du cul, douces au toucher, dures à la poignée. Je les pris pour appui: ma bouche, langue en pointe, alla retrouver la fente évasée pour s'y oindre. Remontant le sillon, la langue labourant le tracé gluant eut juste le temps de happer le clitoris qui fuyait dans un sursaut du dos au sommet de l'approche. Mes lèvres s'arrimèrent dessus.

Nous fûmes un en cet instant. À la fois bouche et bouchée, dévoré et dévorant.

«Aaah!»

Autour de ma bite un collier serrant de plus en plus fort à chaque mouvement. Le tiède était devenu

torride. Spirales, tourbillons... Tous mes sens s'en-
fuyaient, aspirés par le vent de la métamorphose qui
me faisait trembler. Dans un dernier effort, tel un nau-
fragé en quête de salut, je suçai le divin bouton avec
frénésie comme pour m'y accrocher. Alors éclata
l'orage désiré. À chaque giclée brûlante et coupante,
mon âme fusa en jets dans son appelant. Au moment
de me quitter, lointain et étouffé, j'entendis un cri.
     Puis tout fut ailleurs...

     Je me sentis émerger lentement. Combien de
temps après? Je ne sais pas. Dans la nuit où le ban-
deau m'avait plongé, on n'a pas la même notion du
temps. Venait celui où mes paupières commençaient à
chauffer, mes yeux à imaginer d'incessants feux d'artifice, tandis que ma nuque se plaignait de l'emprise
grandissante du nœud. La fête était finie, même si mon
corps engourdi en savourait encore les restes.
     Lentement me revint la présence de mes membres
fourbus. Quelque chose chevauchait mollement mes
deux jambes : je compris que c'était un bras. Collé à
ma tête, une cuisse. Mon sexe gourd, endolori de joie.
Autour de ma bouche, une pellicule séchant. À part
nos respirations, pas de bruits.
     «Cécile...» Silence. «Cécile? Dors-tu?» Silence. Juste
la respiration.
     Un début de crampe, mais aussi une envie de pis-
ser qui commençait à me prendre, me poussèrent à me
lever. En cherchant à m'asseoir sur le bord du lit, je
faillis tomber.
     Non sans mal, je défis le bandeau. Lorsque j'en-
levai l'ouate, la clarté de la fenêtre fulgura dans mes
yeux, au point qu'instinctivement je mis mes mains
devant. Puis petit à petit, derrière mes doigts en stores,
l'habitude de la lumière me revint.

Sur le couvre-lit en percale lilas, tout bouchonné, où serpentaient les plis laissés par nos tempêtes, loin de Cécile, loin de Lilith, une femme nue. Petite et bien faite.

Une femme gisait sur le lit, éparse et détendue, dans le sommeil de la paix. Son visage tout en arrondis.

Je serais longtemps resté près du lit à la regarder. J'aurais voulu l'embrasser, ou plutôt l'effleurer du bout des lèvres pour ne pas l'éveiller. Pour lui dire merci de ce beau voyage dans ces plaisirs inconnus. Peut-être aussi pour lui dire une bêtise, que je l'aimais.

Mais je n'ai pas osé. Peut-être qu'au bout d'un certain temps, j'aurais pu mais...

Mais il y avait cette maudite envie de pisser qui passe avant tout.

Alors j'ai ramassé mes affaires, je me suis précipité vers la salle de bains, et...

Je ne lui ai jamais dit ce que je voulais lui dire quand elle était endormie. Il y a des choses qui ne se disent pas à froid.

Cécile et moi n'avons jamais essayé de recommencer. Il y a des bonheurs qui ne se revivent pas.

D'ailleurs, à peu de choses près, nos versions données à sa sœur concordent: ça n'a pas marché. Même récit à Aimée, car elles se disent tout. Aimée n'a pas fait de crise de jalousie. Peut-être, comme elle le dit, parce qu'elle comprend Cécile. Peut-être aussi parce que cela a raté. Peut-être, enfin, parce que je suis un homme.

De toute façon, il y a des choses qui ne se racontent pas.

Il y a douze ans déjà. On a tous tout oublié. Ou du moins on vit en faisant comme si...

Aimée et Cécile prospèrent ensemble. Anne et moi, aujourd'hui mariés «à cause de l'enfant», les voyons souvent. Entre couples, on se fréquente. Marcel (huit ans déjà) les appelle «mes tantes». Elles nous le pourrissent à coups de cadeaux! Pour Marcel, rien n'est jamais trop beau.

Si tout me revient aujourd'hui, c'est que tout à l'heure, comme il faisait beau, nous avons déjeuné sur le patio. (Eh oui, nous aussi avons acheté notre bungalow! À Laval en plus! Tant qu'à y être.) Tout en croquant, les tantes ont, pour la énième fois, parlé du grand manque de leur vie. Elles auraient voulu adopter un enfant mais... la société reste ce qu'elle est, même si les lesbiennes sont transformées en «gays».

Marcel était parti faire du vélo.

Soudain un silence se fit autour de la table. L'air était meublé par les bruits d'ailleurs. Anne alluma sa cigarette, toussa comme par exprès.

«Eh bien voilà... Ça fait longtemps que Cécile et Aimée veulent avoir un enfant...

— Oui?

— On en a beaucoup parlé, et surtout on a tout tenté. Le Brésil, Haïti, la Corée... Rien à faire!»

Aimée ajouta:

«Parce qu'on est aveugles et lesbiennes! Par peur de la contagion? Enfin bref, *no way*. Comme si on ne pouvait pas aimer les enfants! C'est surtout Cécile à qui cela manque... Pas vrai?

— On nous refuse même l'insémination. J'étais prête à y passer», dit Cécile, amère.

Anne prit une bouffée.

«Tout bien réfléchi, il n'y a qu'une solution. N'est-ce pas les filles?

— Je veux un enfant», dit Cécile d'un ton décidé.

Alors Anne se tourna vers moi et dit :

«Fais-lui!»

L'orgasme de Charlotte

J'ai eu un orgasme il y a dix ans mais mon psychiatre m'a dit que ce n'était pas le bon.

Woody Allen

«C'est bien beau tout ça, mais il faut faire jouir Charlotte...»

Oui mais comment? Problème qui plongeait la célèbre Norma Rioux dans la perplexité.

Haletante, ses seins vibrant sur sa poitrine frémissante, elle ouvrit grand ses bras et dit «Viens!» d'une voix langoureuse. Excité, il s'abattit sur elle sauvagement, la pénétrant d'un fort coup, ce qui la fit jouir dans un grand cri.

Tout en froissant le revers de sa fameuse liseuse rose qu'elle revêtait pour écrire ses romans, Norma se cambra sur le fauteuil pour relire son texte sur l'écran.

«Idiot! Si ce n'était pas de moi, je dirais que c'est totalement débile!»

Plutôt court et peu engageant, non? Aujourd'hui en littérature, le lecteur n'a plus le sens de la litote. Surtout pour le sexe. «Le cul! Le maudit cul!» se dit Norma en faisant la moue à son écran. «Autrefois, il y avait des livres pour ça. Maintenant, il faut en mettre partout! Les temps ont bien changé!»

Bien sûr, ce n'est qu'un premier jet. Une ébauche. N'empêche, faut faire fissa! Partout, on sait que Norma Rioux pond ses deux cents lignes par jour, le matin, avant de faire son taï-tchi sur sa pelouse, devant les voisins. Il est déjà dix heures, et c'est à peine si elle a tapé cent lignes... Pas assez pour voir enfin la fin du travail se pointer!

«Faut dire que le cul, c'est pas mon bag comme disait jadis mon aînée. Bag? Il paraît que ça ne se dit plus! Enfin bon, trêve de fantaisie!...» Les doigts posés sur le claviers, Norma reprit son texte...

«Haletante...» Ça fait chienne en chaleur! Quand même! Après tout, Charlotte est vierge...

«L'est-elle, au fait? Merde je ne m'en rappelle plus! Voyons, chapitre deux... ou trois? Enfin quelque part par là, je suis certaine d'avoir écrit : «Elle avait eu jadis deux amours de rencontre aussitôt oubliées.» Ou quelque chose du genre, je ne m'en souviens plus. Pendant longtemps, ce fut ma phrase-bateau pour dire qu'elle n'était plus vierge...

«Forcément, maintenant, cela va de soi. Une vierge de vingt ans, plus personne n'y croit. Comme dit mon éditeur : «Une vierge, c'est une fillette de dix ans qui court vite!» Dire que moi, jusqu'à vingt-trois ans!...

«Bon, nous disons «haletante»; ça ne va pas. Alors «tendue»? Non, ça fait crispée. C'est vrai que la et même les premières fois, on n'en mène pas large. Du moins, moi. Mais moi, c'est moi! De nos jours, houps! la première fois faut que ce soit l'A-po-thé-ose! Le tout en rose... Rose chair et pimenté.

«Alors «brûlante»? Pour la première fois, ça me semble un peu prématuré. Puis, faut garder du vocabulaire pour le subséquent! «Fiévreuse» alors? Houlala! Ça fait cliché! «La fièvre de l'amour», et caetera! Pour l'instant, je n'ai pas mieux en magasin! Va pour «fiévreuse».

«Alors nous disons: «Fiévreuse, ses seins vibrants...» Vibrants? Ça fait Jello! Je vois mal ma lectrice s'imaginant avec des seins vibrants. Surtout si les siens sont du genre ballot...

«Durcis.» Ça c'est mieux! Mais est-ce que je ne l'ai pas déjà employé à propos du?... «Les seins durcis par l'attente du plaisir...», moi j'aime! Enfin tout dépend de la taille des seins. Au fait, ils sont comment les siens? Gros, moyens, petits? Poire, pomme ou melon? Je ne sais pas comment les seins se portent cette année. La mode change tellement! Bon en tout cas, pour éviter la faute, voyons voir plus haut...»

Norma fit cliquer la souris. Le texte défila sur l'écran.

«Voyons... Stop.»

Il descendit lentement son pantalon découvrant petit
à petit son slip Calvin Klein tendu par la bosse frémissante...

«Frémissante»! Je savais bien que je l'avais déjà employée. Je la laisse là ou...? «La bosse frémissante!» Mais c'est coquin, ça! Héhé! Bon! Eh bien pour la poitrine, on trouvera autre chose! Ah! Ne pas oublier: Le jules, je l'ai laissé en slip! Donc il faudra le lui faire enlever, avant ma phrase fatidique.

«Calvin Klein, ça fait un peu long. J'aurais préféré Hom, c'est plus court. Puis ça fait cochon! Hélas, on ne choisit pas ses commanditaires! Autant s'y faire. Faut le citer encore cinq fois! Encore que j'ai eu du pot! Mon agent a failli signer avec Petit Bateau! «La bosse frémissante dans son Petit Bateau...» Je l'ai échappé belle.

«Soyons sérieuse, revenons à Charlotte. Ça doit être plus haut. Voyons... Elle... Nanana nanana... Ça y est, j'y suis: «Laissant choir lentement sa robe-fuseau Kenzo qui lui servait de seconde peau...» Beau, beau, ça! Et en plus, ça rime. Si après ça, ils ne sont pas contents... «Elle en jaillit». Jaillit? Pourquoi pas, si elle est pressée? «Elle en jaillit pour se diriger d'un pas félin...» Après tout pourquoi pas? On dit bien d'une démarche qu'elle est féline... «...Vers le sofa Ikea sur lequel elle s'allongea langoureusement...» C'est tout?

«Mais alors, je l'ai laissée en culotte et en soutien-gorge! Ça change tout, ça! Il ne peut pas s'abattre sur elle et la pénétrer d'un seul coup... À la cosaque! Un truc que j'aurais bien aimé essayer, au moins une fois. Depuis que j'en parle dans mes bouquins! Hélas les cosaques ne courent pas les lits! Surtout ceux d'Outremont! Et vu que je suis de moins en moins baisable... Enfin c'est un classique qui marche à tout coup!

«Faut d'abord les déshabiller. Levée du haut: deux lignes. Glissement lent des bas le long des jambes avec coup d'œil en coin cochon: «Tandis qu'elle roulait le haut du bas, son regard à la fois gêné et énamouré trahissait son désarroi à vaincre sa pudeur...» Que c'est beau! Faut que je note, sans ça, je vais l'oublier! Calepin. Bon: nanana nanana. Ça y est! Encore douze lignes du même tonneau pour la mettre à poil, et c'est parfait!

«Si je m'écoutais, je ferais court. Je lui ferais arracher le tout, pour parer au plus pressé. Surtout qu'après quarante et quelques pages de préparation, ça doit urger pour elle!

«Solution de facilité à n'employer que dans les cas désespérés! Et surtout pas la première fois! Ça fait désordre ou négligé. Pour inciter ma lectrice à l'envie d'un p'tit bonheur, déshabillons lentement. Faut qu'elle se sente devenir «toute chose» par Charlotte interposée. Strip-tease! Strip-tease! Avant fornication...

«Norma, voyons! Charlotte forniquée ou forniquante! C'est dépassé!

«Faut dire que dans mon temps, celui de mes vingt ans, qui fut pendant longtemps celui de mes héroïnes, on cédait, on se donnait, on s'abandonnait. Mariée, on faisait son devoir. C'était tellement plus romantique!

Héroïque même! Le sexe avait un petit côté, comment dire?... équivoque. Le péché ajoutait au plaisir.

«Les hommes allaient «pour satisfaire leurs bas instincts forniquer avec les putains...» «Forniquer», c'est joli, troublant, interlope. C'est à la fois choquant et attirant. Ça sonne moitié mépris, moitié défi. Hélas, de nos jours, ça ne choque plus personne! Ça ferait plutôt rigoler...

«Aujourd'hui, tout le monde court après l'orgasme, femmes en tête! Elles se doivent de l'attraper à tout coup! Le crier! Le proclamer. En redemander! «Chéri, j'en veux! Re-feu-me-le!» disent-elles, la bouche pleine. Sinon, même (et surtout!) aux yeux des autres femmes, les voilà mal-baisées, niaiseuses, frigides, rabats-joie. Asociales quoi! Quelle époque!

Alors bien sûr, il a bien fallu que «mes femmes» s'y mettent.

«Héléna Desmarais y a passé la première dans *Plus loin que l'amour.* Ça m'a fait tout drôle la première fois d'écrire «faire l'amour».

«Faire l'amour», franchement, je n'aime pas. Ça fait mécanique, showbizz. On fait des crêpes, la Place des Arts, la vaisselle...

«Quoiqu'à tout prendre, avec feu mon Alfred, c'était bien un peu ça! Il ne m'inspirait pas, le pauvre! Mais de temps en temps, je lui devais bien «ça». Surtout quand il est devenu «le mari de la grande Norma Rioux». Le pauvre chou qui était orgueilleux comme un pou! Alors je faisais, je faisais...

«*Plus loin que l'amour,* mon dernier best-seller façon tendre...

«Dans le suivant... C'était quoi? *Mirage aux Caraïbes* ou *Centre Ville?* Je ne sais plus... Enfin, dans le suivant, on s'est mis à faire l'amour à tour de bras. Au fur et à mesure que mes héroïnes s'affranchissaient. À croire que la femme active et libérée se fait sauter à tous les coins de rue.

«Du moins, si j'en crois le département de la mise en marché: «Faites-les baiser au moins cinq ou six fois», qu'ils disent. «Ça vous fait gagner au minimum dix mille exemplaires à la vente.» Alors je fais, je fais....

«C'est égal: on n'a plus les lectrices qu'on avait!

«Une fois sur la pente fatale, on n'en sort plus. L'escalade, l'inflation. Toujours plus! J'entends encore cette gentille fofolle de Philippe Horn, le directeur littéraire, avec sa voix mielleuse :

«Chèèère Norma! Vous êtes mon auteur préférée... Sisisi! Votre sens du raccourci, votre implicite dans le non-dit, j'ha-dorr-rre! Vous êtes le plus grand auteur populiste de notre temps. Si! Si! Si! Vous vous devez d'évoluer avec votre public. Que dis-je? Le précéder, l'éduquer même! Lui apprendre, dans ce monde de l'amour qui n'a plus aucun secret pour vous, la nouvelle pudeur qui n'est plus celle des corps mais dans le chant de l'âme. Ennoblir, grâce à votre style à nul autre pareil, les gestes primitifs de la vie qui sont la communication primale. Sous votre plume l'acte sexuel va devenir plus qu'un rite: une cérémonie, un défi de l'homme et de la femme à la mort et à l'éternité. S'il vous plaît, ne nous faites plus languir! Écrivez-la!»

«Et au cas où je n'aurais pas compris, pour ne pas me laisser mourir idiote sans doute, ce salaud de Pierre, mon éditeur, qui me lâche mes droits d'auteur au compte-gouttes, a cru bon de me préciser :

«Harlequin, c'est fini, ma chérie! D'ailleurs, eux-mêmes commencent à mettre du zizi! Tes tirages se tassent, ma vieille! Tu fais vieux jeu! Max du Veuzy ou Delly, c'est dépassé. Le cul de nos jours est un créneau incontournable! Mets-en, vas-y, Norma! T'es capable!»

«Donc Charlotte doit jouir, sinon ce n'est plus vendable. C'est dur de rester un auteur à succès...

«Allons-y pour le baisage! Mon Dieu, Norma, que tu parles mal! Mais c'est à ça que doivent penser Peter

et Charlotte. Les mauvaises manières de mes personnages vont finir par m'influencer!

«Pour le baisage, première fournée, le grand jeu!
Faut rien oublier: le papillon javanais, la moustache en
folie, la vrille farceuse, le solo de guitare, la flûte enchan-
tée... Au moins six pages à ramer! Dans les onze k.
Sinon c'est le bureau des pleurs. La grogne! Incroyables,
mes lectrices, comme elles connaissent ça! Comment
s'appelait-elle celle qui m'a écrit de Laval, rue des Perdrix
ou des Étourneaux, enfin un nom d'oiseau? Pour une
rue, ça m'a frappée. En tout cas, ce culot! «Chère
Norma, vous m'avez déçue! Votre Athanase dans *Un été
en ville* est une brute...» Une brute! Lui qui m'a été
inspiré par Pierre Nadeau! «Il sodomise Marie-Luna sans
lui avoir fait feuille de rose!» Je ne savais même pas ce
que c'était! On m'a jamais fait ça, à moi! S'il faut maintenant que les auteurs essayent tout ce qu'ils décrivent, le
métier est foutu!

«Mais je m'épivarde! Puisqu'il faut baiser, baisons.
Retour aux seins durcis... »

Clic, clic souris. Le texte défile au ralenti...

«Ah bon nous y voilà! Donc nous disons: «Fiévreuse, ses seins durcis par le désir sur sa poitrine...»
Sur sa poitrine? Et où voudrais-tu qu'il soit? C'est pas
un Picasso, ma Charlotte tout de même...

«Poitrine...» Ça me rappelle, après mes premiers
succès, le temps où forte de ma célébrité débutante, je
voulais visiter «les mauvais lieux». Un soir, rue Sainte-
Catherine, devant un club de danseuses nues, un portier,
genre gorille déguisé en amiral suisse, voulait nous inciter
à entrer! «Showtime, showtime! Poitrines, poitrines!»
disait-il, les deux bras en arceaux, les doigts écartés, les
yeux écartillés pour allécher la pratique sans doute!

«Bon, «Poitrine» saute, ça fait redondant. «Fiévreuse, ses seins durcis par le désir, elle ouvrit grand
ses bras et dit...»

«Beurk! C'est plat. Pire: platte! Une fille de vingt ans à poil, ou presque, qui veut se faire caresser les nichons, ça ressent quoi?

«La première fois que j'ai eu envie de me faire caresser les nichons, c'était avec Normand, le garçon qui habitait en haut de chez nous. Je le trouvais beau et ténébreux. J'avais envie qu'il me les effleure, me les enrobe de ses paumes, me les compulse, me les pétrisse, avec douceur et fermeté. Dans l'attente, j'étais tendue. Craintive et pourtant prête à exploser de joie sous ses doigts.

«Il a pété avant moi! C'était un compulsif. Sitôt mon pull retroussé, il me les a empoignés avec tant d'ardeur que j'en ai crié de douleur: il me tordait le droit tout en tentant d'avaler le gauche tout rond. Mes pauvres nichons!

«Nichons...» Est-ce que cela se dit encore? J'ai bien peur que non. «Sein». «Poitrine» ça fait médical. Quant à «mamelles» ou «lolos» je bannis! Ça fait carrément pis de vache!

«Nichons...» J'ai toujours aimé ce mot-là. C'est doux, c'est tendre. Caressant. J'en étais fière, je les soignais. Je les sentais vivre sur moi, palpitants ou se gonflant selon l'humeur du temps. Aujourd'hui, je les supporte. Immuables et implantés...

«Allons, allons, Charlotte n'en est pas encore là! Revenons à ses nichons!

«Je crois que je l'ai! «Fiévreuse, les seins durcis par l'exaspération de l'attente, elle ouvrit ses bras...» «Ouvrir ses bras»? Ça fait maman, curé. Jipie Two en tournée! Quand on est dans cet état, on a plutôt envie de saisir, d'attirer contre soi, si j'ai bonne mémoire. Bon, mettons «tendit» et n'en parlons plus!... «Et dit d'une voix langoureuse...»

«Un doute me saisit: «Langoureuse»? Peut-être mal approprié. Parce qu'enfin ça fait trois, quatre... Mais non, six chapitres, puisqu'elle l'a rencontré dans les pages cinquante! Bref ça fait un bail qu'ils se fréquentent et il ne s'est rien passé, à l'exception du baiser lors du retour du restaurant avant le premier pallier. Ma scène favorite! «N'insistez pas, je vous en supplie! On se connaît à peine... Plus tard quand nous serons plus sûr de notre amour...» Au bout de six chapitres, ses sens doivent plutôt être éveillés. Si elle ne sait pas ce qu'elle veut dans le septième, elle ne le saura jamais!

«Il me semble que «impérieuse» ou «impatiente» serait plus approprié. Encore que «craintive et impatiente» serait plus... comment dire?

«Je l'étais bien, moi, le soir de mes noces. Quand j'y pense! Vingt-trois ans et mariée vierge... Faut dire que je ne savais pas au juste à quoi m'attendre. Maman, en termes vagues et raccourcis, m'avait chuchoté quelque chose sur les mystères de la vie quand j'avais commencé à saigner. Quant aux détails... On n'en parlait pas, c'était péché.

«Avec les copines, c'était plutôt des on-dit! Pour l'une, c'était «pas mal». Pour l'autre, «ça fait pas si mal que ça».

«Je me demande si mes lectrices, toutes affranchies qu'elles soient, en savaient beaucoup plus le soir de leur première fois? Surtout que maintenant elles s'y mettent quasi sorties du berceau. En tout cas...

«Alfred, ce soir-là, prit son temps. Ce fut bien la seule fois! Plus par timidité que par métier! De plus, il avait mal aux pieds à cause des souliers neufs et un coup dans le nez! J'ai eu juste le temps quand il passa son pyjama d'entr'apercevoir son «affaire» comme disait tante Adéa. Brinquebalante et effilée. Nerveux, il bandait mou... Ça, je ne l'ai compris qu'après. Pour lui aussi c'était une première. Avec une vierge.

«Lumière éteinte, couchés côte à côte, on osait à peine bouger. Il m'effleurait. Je ne sais pas ce qui m'a pris. La peur, la nuit, la présence d'un corps inconnu dans mon lit, le besoin d'être assumée... Je ne sais pas. Toujours est-il que je lui ai dit: «Freddy, fais-moi des choses!» Ça lui en a coupé l'envie! Il m'a embrassée furtif, puis s'est tourné sur le côté pour s'endormir. Je me suis sentie soudain gênée, coupable et pourtant rassurée. Lui déjà ronflait!

«Le lendemain, comme pour se venger, juste après le petit déjeuner, il m'a clouée sur le bord du lit. Le temps de faire «Aïe!» et je l'étais! Femme et enceinte de Marité. Puis on a repris du café...

«Langoureuse»? Plutôt endolorie, oui!

«Hélas! la vérité ne s'écrit pas. Mes lectrices ne le supporteraient pas. Les critiques non plus. Je les imagine déjà: «Le mashmallow ne lui suffisant plus, elle s'adonne au maso!» Ou: «Norma Rioux délaisse le Delly au rabais pour faire du sous Marie-Claire Blais.»

«Au fond, la vie n'est belle qu'inventée. C'est pour ça qu'on me lit: mes amours ont toujours des fins heureuses. Le porno, c'est pareil. Les hommes y sont fringants, toujours raidis. Les femmes toujours pimpantes et assouvies...

«Mettons «langoureuse» de côté. Ça pourra toujours servir! Reprenons «Fiévreuse, les seins durcis par l'exaspération de l'attente, elle tendit ses bras». Pourquoi «ses»? Un seul suffit, l'autre est peut-être bloqué. Après tout je l'ai mise sur un sofa... «Elle tendit un bras vers lui en laissant échapper d'une voix rauque de désir contenu: «Viens!»

«C'est beau! Je garde! On a beau dire sur l'expérience, rien ne vaut le travail... C'est maintenant que tout commence! Pour le déshabillage, je crois qu'il vaut mieux que je me fasse un plan.

«C'est curieux, on ne m'a jamais déshabillée, moi, avant de... Peut-être une fois ou deux? En tout cas, je ne me rappelle plus.

«Faut dire qu'il y a quarante ans, lors de mes débuts, on était porté sur le textile! Chemise, camisole, jupon, soutiens-bas, en plus du sous-vêtement de base... ça prenait du temps pour enlever tout ça. Peut-être était-ce mieux?... Comme disait Racine: «Le désir s'accroît quand les faits se reculent[1].»

«Avec Alfred, on faisait ça au coucher. Si je voulais, je sortais nue de la salle de bains. Alfred ôtait le bas et hop! À cheval! On s'habillait après pour la nuit. Mais ne nous égarons pas!

«Je disais donc: premier temps, Peter s'approche et la déshabille. D'abord le soutien-gorge Cross-yourhart — ne pas oublier! — , puis la culotte Calvin Klein, ça va de soi. Pas de collant. Avec DIM, ça n'a pas marché: ils préfèrent le style Françoise Mallet-Joris. Tant pis pour eux! Tout ça au moins en douze lignes ou un écran...

«Deuxième temps, il enlève son slip Calvin Klein, ça fait trois! Plus que deux mentions... Ou plutôt non, il le fait «choir lentement le long de ses cuisses aux longs muscles effilés...» Pas mal! Notons. Calepin... Nanana... Ça y est!

«C'est le final qui va être coton! Rien n'est plus ridicule qu'un bel homme en chemise, bandé, le slip pris aux chevilles se dandinant pour s'en dépêtrer!

«Non, pour faire changement, c'est elle qui... «Fascinée par la forme bosselée qui s'échappe du bas-ventre telle une figure de proue... Les bords du bikini qu'elle fait descendre lentement tout en effleurant de la paume des mains la cuisse dure et oblongue...» Oh mais c'est bon ça! Je garde...»

Une langueur soudaine l'entraîne, les yeux perdus au-dessus de l'écran quelque part dans l'au-delà de soi.

---

1. *Bérénice*

«Norma, voyons! Il s'agit de Charlotte! Donc, avant de baisser le maillot... Le maillot? Avant, il y a l'odeur salée et surette qui exhale de la... Comme Léo...»

Peu à peu Charlotte se perd en Norma, mi-ici, mi-autrefois, un peu chose, un peu moite, qui sent en elle vagabonder les années... Un frisson léger l'agite, partant du périnée...

«C'était en?... 72, c'est ça, l'année où *Femmes de tête* fut adaptée pour Radio-Canada. Après la période de ventes, reportages, entrevues, rabâchages pour «ploguer», je n'en pouvais plus. Je n'avais même plus envie de faire Alfred cocu. Maryse et moi, nous voilà à Fort-de-France, à l'hôtel des Alizés, pour se refaire une santé.

«Léo! En maillot près de la piscine. Beau! Mais beau rare! Un métis à la peau douce café-au-lait aux reflets cuivrés. Les yeux un peu en amande, un nez un peu busqué qui lui donnait un air d'Égyptien antique, des lèvres minces carmin brûlé. Des muscles fins, élancés... Beau comme un péché. Toutes les femmes étaient folles de lui. Et moi donc!

«Il est utile parfois d'être célèbre. Lui ne m'avait jamais lue mais j'étais déjà Norma Rioux, la romancière qui... Les clients, presque tous québécois, parlaient de moi devant lui. En amour, la renommée vous gomme les rides (que j'avais déjà!) et rend plus sûre de soi.

«J'avais invité Léo à venir prendre l'apéro du soir dans la loggia de ma chambre. J'étais à demi allongée sur mon transatlantique, cachée du soleil et des gens par le muret du balcon, quand soudain je le vis surgir de l'obscurité. Un choc, une apparition.

«Puissant et beau. Il venait tout juste de sortir de l'eau. Des muscles en ronde-bosse sur un corps luisant, mais surtout, sculptée par le maillot mouillé, à la fois nette et imprécise, la protubérance.

«Je n'avais jamais été obsédée par la bite. Non que je la méprisais, je lui dois trop de joies. Mais jusque-là, un sexe d'homme pour moi, bien qu'inspirant à l'occasion une certaine tendresse ou une douceur amusée, n'était d'abord qu'utilité. Le savoir-faire de mes amants était plus important que la beauté de leur sexe, que je ne découvrais souvent qu'après, ayant acquis un préjugé.

«Mais celui-là! D'entrée, il me subjugua.

«On devinait, gonflant le tissu mouillé, un membre à la fois souple et épais que faisaient saillir deux couilles ventrues mal à l'aise dans le creux du maillot étroit à cet endroit-là.

«J'étais fascinée. Même lorsqu'il fut à demi allongé sur le transat d'en face, tout en échangeant les banalités inévitables en pareille occasion, le temps de prendre langue, je faisais l'impossible pour ne pas me trahir et pourtant malgré moi, mon regard finissait toujours par s'attarder sur la forme magique, adoucie par l'ombre et légèrement penchée sur le côté.

«Un punch, puis deux dans la loggia. Cuisses au soleil couchant et têtes à l'ombre. On causa de tout et de rien. Parle, parle, jase, jase. Rien! Pas de manœuvres d'approche! J'étais inquiète tout en me sentant «toute chose». Moite et mouillée. Était-il pédé — quel gaspillage! — ou bien n'aimait-il pas les boulottes blanches?

«Soudain un ange passa. Souriant, il se leva. Vint près de moi, sa cuisse frôlant mon bras. En gros plan, sous mon nez, le maillot tendu par le sexe en arceau. Sa main se posa sur ma nuque et m'attira vers lui...»

Une bouffée de chaleur envahit Norma Rioux. De honte et de délices. «Les souvenirs, ça peut toujours servir», se dit-elle en guise d'excuse... Pour Charlotte, pourquoi pas? Les doigts courant sur le clavier, elle rêvait les yeux perdus dans le haut de l'écran :

Mes mains se sont posées sur ses cuisses. Ont remonté lentement. Sa chair ferme et souple vibrait au passage de mes doigts. Je sentais mes bras attirés vers l'arrière, mes mains le contourner, se chercher tout en frôlant amoureusement les masses bombues et charnues, enfin se rejoindre dans le val de la raie pour couronner son cul...

«Cul»... En découvrant le mot sur l'écran, vint la première gêne. Elle eut envie de l'effacer... «Mais non, se dit-elle, autant jouer le jeu! Après tout qui saura?... Maryse est morte et...» Tout au fond d'elle, quelque chose remua doucement dans le rythme des mots.

Son cul... Pour la première fois j'en découvrais la magie. Tout en m'y agrippant, je blottis ma tête contre le haut du maillot, vers la naissance de la courbe... Mon nez en frôlait la cause, la longeant, s'enivrant d'un parfum chaud et lourd, fauve, un peu salé. Je mutais. Je devenais une autre, modulée par des vagues de désir qui la projetaient vers cette forme longiligne qui palpitait sous le tissu. Tout naturellement, mes lèvres butinèrent ce relief dur et tendre. Ma langue picotait d'envie d'y régner. Une main, puis deux couronnèrent mes cheveux. Des doigts s'y insinuèrent. Agrippèrent ma nuque. J'étais bien. Puis doucement mais cruellement, elles éloignèrent ma tête du nid où elle était nichée. Une voix chaude dit: «Viens la chercher!» Mes doigts remontant sur les hanches saisirent les bords du maillot. Commença la descente lente et impatiente du slip, un instant retardée par l'élastique qui s'accrochait encore à la tête de l'objet désiré...

Norma fit un arrêt. Un peu grisée. Une voix surgissait en elle: «Voyons, Norma! Ce n'est pas tout à fait comme ça que ça s'est passé. Voyons, rappelle-toi!

C'est Léo qui tout en tenant ta nuque avait baissé le haut du maillot pour te la mettre sous le nez, en disant d'un ton niais: «Hein qu'elle est belle? Tu vas te régaler!»

«Est-ce vrai? Je ne sais plus. Oh puis merde! L'important n'est pas ce que l'on mémorise, mais plutôt ce que l'on restitue.» Curieusement elle sentait picoter le bas de son ventre. «J'écris en ce moment avec mes tripes», se dit-elle. Cette pensée fugace la ragaillardit. De nouveau, elle céda au vertige des mots, laissant courir les doigts sur le clavier, sans regarder...

Apparut le phallus, ce phallus dont le gland luisant, d'un rose tendre, large et arrondi, s'épanouissait au sommet d'une tige ambrée, élégante et cambrée. Il semblait jaillir des deux bourses terre-de-sienne, accolées en demi-lune, qui paraissaient pleines à craquer. Mes mains se placèrent, partirent en conque autour du joyau: c'est alors que je m'aperçus de son énormité, jusque là occultée par la beauté des formes. Mes doigts en faisaient tout juste le tour, les deux mains chevauchées restaient bien en deçà du gland tout en splendeur. Soudain éclata en moi une stase. Effrayée et ravie, j'étais suspendue entre la stupeur qui précède l'extase et la terreur précédant l'euphorie...

La même voix, venant du fond d'elle-même, sussurra en demi-ton: «Des grosses comme ça, y en a pas beaucoup au Canada, hein? Tu vas te régaler, madame! Lèche-les, elles aiment ça!»

Déjà immergée dans une douce langueur, Norma n'en fut même pas choquée. C'est pour Charlotte que... Vrai ou faux, que lui importait! La réalité ne gagne pas à être vulgaire. Tout passé est un pays à inventer quand on le vit. Est vrai ce que l'on sent. Le reste n'est que détails et péripéties.

De nouveau les mots coururent sur l'écran :

Le vertige me prit et je chus vers l'idole. Je sentis mes lèvres butiner, palper, happer le gland bronzé tout chaud, tout tendre. Ma tête dodelinait tandis ma langue, de plus en plus hardie, lissait, puis patinait le pourtour de la verge, lapant à longs traits la tiédeur de la hampe qui tressautait sous les assauts d'élans contenus. J'étais la prêtresse du dieu d'un bonheur inconnu, me livrant aux rites propitiatoires dans le temps suspendu. Petit à petit, je m'enhardis. Mes lèvres couronnèrent le dôme, puis avancèrent. Encapuchonnant le dieu, le gobant, l'engloutissant comme pour...

En état second, Norma était loin, très loin derrière l'écran. Tout entière dans les mots qui lui tardaient à venir. Plus vite!... «Ses mains sur mes tempes. C'était pour me retenir, tant ma tête bougeait!...» Plus vite voyons! «Son ventre oscillait sous les coups de ma bouche...» Plus vite... Les phrases courent sur l'écran...

Le dieu prit peur, commença à craindre. Je le sentis raidir, tentant de m'échapper. Mes deux mains fermement le tinrent prisonnier, ma bouche l'incarcérait, ma langue le rudoyait. Je sentis grandir son émoi: ce mâle orgueilleux se sentait sous ma loi... Dans un dernier sursaut, il voulut se déprendre. En vain; j'étais force et feu, acharnée sur ma proie. Soudain une tiédeur tapissa mon palais. Des ruisseaux de feu partant des os...» Vaincu il se répand. Sa voix supplie: «Arrête!» J'aspire ses os tandis qu'il crie. Une tornade de joie vrille... l osadj opf'p...

Norma Rioux eut le sentiment de sortir d'un sommeil confortable, ouaté. Calée dans son fauteuil, flottante et détendue, dénouée et moelleuse...

Tout était oublié ou plutôt entre parenthèses: la raideur des muscles, la gêne dans le souffle due à l'obésité, le souci de la page, du rite matinal... Elle était lasse et heureuse de l'être... Habitée par un sentiment furtif d'éternité qui allait s'estompant...

L'impression d'émerger d'un trou confortable. À regret, lentement...

«Mais qu'est-ce qui m'est arrivé? Un malaise?»

Devant elle, sur l'écran juste après le | osadj opf'p, clignotait le pointeur...

«Une tornade de joie vri...» Oh non, ce n'est pas vrai! À mon âge!... Ce disant elle sentit son entrecuisse délicieusement mouillé. Poisseux même... Il y a si longtemps que... J'avais oublié.» Ce n'était pas la dernière fois? Il y en aurait d'autres? Elle en fut toute réjouie.

«Sa-lo-pe! Je suis une grosse sa-lo-pe!» se dit-elle via l'écran, presque avec délectation. «Peut-être même que...»

«Je suis vieille, grosse, une vraie mocheté... Mais la célébrité, ça rend encore baisable, non? Tu vas trop loin, Norma!»

Instinctivement elle tira les bords du liseré qui bâillait entrouvert, découvrant les rondeurs dues au silicone jurant avec le reste. «Dire que Josée aurait pu entrer!» Tout en sachant que sa secrétaire n'aurait jamais osé, à moins d'une urgence, pénétrer dans le saint-lieu de l'écriture avant midi. L'eût-elle fait que loin de se douter de son état, elle aurait plutôt envisagé le pire.

«J'aurais eu l'air fin, moi: «Voyons, docteur, ce n'est rien! Juste un orgasme en passant. Vous comprenez, c'est Charlotte»...»

Norma remonta dans le texte, pour retrouver le commencement.

«C'est beau, c'est bien écrit...» Le lisant, elle se sentit gênée et attendrie. «C'est encore un peu moi...» Encore engourdie par ce bonheur las d'après jouissance, un sentiment trouble lentement la saisit. «Non je ne peux pas...» Honte ou pudeur? «Je veux le garder.»

Enfin, encore un peu. C'est un des derniers vestiges du trésor de son intimité, disparu au long des années. Sans doute parce qu'elle l'avait oublié? Les personnages lui ont tout dévoré. Surtout le sien, sous formes de reportages ou d'entretiens. Ses héroïnes, dans leurs lits, ont consommé tous ses fantasmes et ses souvenirs de nuits passionnées. Du temps où...

Pas celui-là en tout cas! Enfin, pour le moment: promesses d'écrivains valent promesses d'ivrognes! Enfin tant qu'elle pourra. Sait-on jamais? Ô frissons espérés!

Tant pis pour Charlotte!

Norma Rioux verrouilla le texte sous son mot de passe avant de l'enregistrer. Pour se donner l'illusion du secret, puisque sa secrétaire le connaissait, au cas où... Enfin, pour le moment, personne de son vivant, à part elle...

«Ça fera partie de mes écrits posthumes.

«C'est bien beau tout ça, mais on n'est pas là pour s'amuser! Où est-ce que j'en étais? Souris, contrôle... Nanana, nanana... Ah voilà!»

Fiévreuse, les seins durcis par l'exaspération de l'attente elle tendit un bras vers lui en laissant échapper d'une voix rauque de désir contenu: «Viens!»

Voir plan... Haut... bas... Calvin Klein, Wonderbras... etc. Rappeler calepin...

Norma Rioux se sentit bien. Délicieusement crevée. Avec le goût de plus en plus marqué de faire la ligne buissonnière. La littérature n'en mourrait pas! Après tout elle avait fait cent six lignes! Il faisait beau, elle avait envie de chanter. C'était jour de gala!

Elle ferma l'ordinateur, laissant Charlotte suspendue, le bras tendu, dans l'attente.

«Bof! Elle s'y fera. Mais demain, promis, je la fais jouir!»

Black Velvet Blues

Black Velvet Blues, je suis clandestin en vous.

Je te dis «vous», bien sûr, parce que nous sommes autres depuis qu'on s'est quittés. Je ne nous renie pas. Au passé de ce soir-là, vous restez «tu». À tout jamais. Mais...

Toute habitude est lassitude. Au début pour toi, j'étais l'évasion. Le grand amour, plein de bonheurs inattendus, de dangers à braver, d'interdits à enfreindre. Tu trouvais en nous tout à craindre ou à espérer, volant au temps quelques bribes d'un autre toi. Une vie parallèle via François.

Au fil du calendrier, je devins le prêtre ou l'ouvrier, dépendant de l'humeur, des fêtes de vos sens. Un fournisseur. À jours fixes et espacés. Une liaison.

Moi je ne vivais que dans nos rendez-vous. Hors d'eux, les jours m'étaient des ensembles flous au gré de l'attente. C'était peut-être l'amour fou?

Pour toi il y avait, d'entrée, l'attrait de l'exception. Insolite et caché. Son mérite était d'être un secret partagé. Celui de ta reconstruction puis de la résurrection de la femme que tu étais. Avant qu'il ne t'arrive ce que tu sais...

Vous voyez, il est encore des choses que l'on tait, parce qu'encore implicites. Tu aimais les mystères que je faisais jaillir de toi. Ainsi, la première fois que je t'ai pénétrée, tu t'es surprise dans un cri.

Plus tard, tu m'as dit, dans des pleurs d'une joie que tu ne connaissais pas: «Je ne savais plus que ça existait. Tu me rends à moi. Je me sens de velours.»

Black Velvet Blues...

Une fois repris ce que t'avaient dérobé les années, je ne fus plus la planche de salut. Je vous devins partenaire, pour un adultère *old fashion,* comme vous disiez. En banlieue, on cite anglais... Je devins une ombre de velours peu à peu rapiécée. Pour vous combler, ainsi que certains trous dans l'agenda, je n'étais plus nécessaire. Voire un embarras. Vous aviez hâte d'exercer ce pouvoir retrouvé: être femme. J'étais déjà l'ombre au tableau.

Moi, sans le savoir il est vrai, je t'aimais.

«Black Velvet, *if you please...»*

Depuis que je suis votre clandestin, je ne vous pénètre plus. Je vous insinue. Je suis votre malaise; celui qui me remplace vous baise, bien, soit dit en passant. Il a l'ardeur, sinon le tour. Il ne vous fait pas l'amour.

Ce qui était plaisir, vous est nécessité. Le désir n'est plus qu'un sentiment d'urgence, devenant sitôt satisfait, celui d'une insuffisance qui vous ronge. Vous avez perdu le sens du péché, et gardé celui du mensonge.

Jouir vous devient court: autant l'orgasme que ce flottement dans la sérénité où le corps, juste après, adore se complaire. Au contraire, dans cet état que vous aviez cherché, se promène la nostalgie. Mais de quoi? Pour la nommer, il vous faudrait creuser dans l'oubli — chez vous, volontaire! — et votre orgueil vous l'interdit. Ne jamais s'avouer! Vous êtes en état de manque. Je le sais. J'y veillais.

Black Velvet Blues vous vit.

Black Velvet Blues...

Chambre 2112, Hollyday Inn. Tout confort. Sur un des lits, les vêtements juste froissés, sur l'autre, nos deux corps. La lumière grise de février adoucit les contours, se glissant entre les stores de la fenêtre close. En sourdine la radio. CHOM-FM. Pour oublier le ron-ron de l'air conditionné, mais aussi les cris que tu croyais pousser et qui n'étaient qu'incantations au bon-heur retrouvé.

Peut-être aussi pour ne pas entendre les supplica-tions que tu m'adressais quand je t'imprégnais de plai-sir, par bourrées lentes et mesurées. Ou tes plaintes exaspérées quand presque sorti de ton con de velours, je suspendais un instant le glissement du retour. Ta pudeur me charmait.

Aujourd'hui, je sais. Cette pudeur extrême n'était que la mise en deuil de votre orgueil blessé. Vous ne vou-liez pas vous entendre: jamais vous n'aviez imploré vos amants, et d'ailleurs aujourd'hui, jamais vous ne le faites.

Dans la paix ouatée de nos corps assouvis, le seul bruit vivant était la radio. Nous gisions sur le lit tout près de la fenêtre, désarticulés par le passage du plaisir, côte à côte, ta main sur mon sexe à moitié endormi. Alannah Myles chantait:

«*Deep of mine — You stay mine when you go — To dress up my mourn, my disease — Black Velvet — If you please...*»

«C'est beau... Notre blues...» m'as-tu dit.

Puis tu m'as anéanti. Sans avertir, un jour tu as tout coupé. N'ai pu te joindre au téléphone. «Laissez votre nom, elle vous rappellera...» Jamais. La vie brisée, je n'avais plus le choix. Je suis parti. Ailleurs de toi.

Maintenant que je suis à distance, j'ai appris que tu t'y préparais depuis longtemps. Tu nous érodais.

Tes visites espacées. Les rendez-vous manqués, ou pire, ceux qui me traînaient dans la langueur, au gré de ton bon plaisir.

«J'ai bien failli ne pas venir, une urgence aux derniers moments...» En t'excusant, ta voix exigeait presque que je te remercie d'être venue quand même.

Au téléphone, dans ta voix, ces refuges soudain dans la banalité transformée en urgence.

Tes regards creux dans lesquels ne brillaient que les feux de la professionnelle, acquis par le métier. «Souriez! *Think Positive!*» Peu à peu ces inflexions qui arrondissent le mensonge et masquent l'omission. Tu me mentais comme à ton mari.

Faut dire que je t'aimais comme on aime sa vie.

On s'était toujours dit: «Plutôt souffrir que le mensonge.» En me mentant par omission, tu as fait pire, aujourd'hui je le sais. Tu t'offrais le confort de la pitié, de la même nature que celle qui te prend vis-à-vis de ton mari, Jean, quand tu sens encore en toi les traces de l'amant que tu viens de quitter.

Inutiles simagrées! Nous nous aimions en liberté. Tu m'aurais dit: «On se quitte» et c'était fait. Je n'aurais rien fait pour t'empêcher, dussé-je en crever. Peut-être avec l'espoir secret que tu me reviennes. Mais surtout pour ne rien gâcher. Pour rester nous, à nous-mêmes.

Tu n'as pas eu le courage de parler. Pourquoi ajouter l'injure à la blessure à laquelle je ne pouvais échapper?

À distance maintenant, je sais. On est ce dont on vit.

Dans votre monde, celui de ton travail, celui de ton mari, rien ne s'avoue à soi, encore bien moins à l'autre. On fuit les embarras. On compromet. Pris sur le fait, on n'admet pas. Ou alors à moitié: «C'est pas moi, m'sieur, c'est la vie!» La vie, ce long fleuve qui charrie nos petites lâchetés et nos démissions. Avec, à la clef, quelques petites cruautés à titre gratuit.

Jamais, je ne vous le pardonnerai. Vous avez détruit ce que vous aviez conquis. Pour raison de normalité. Vous vivez flou, comme ceux qui ne s'aiment plus mais qui se supportent pour ne pas s'être trahi pour rien. Vous vous emmerdez.

Je le sais. Je suis clandestin de vous.

Je suis votre Black Velvet Blues.

C'est arrivé tout à fait par hasard.

Comment vous dire? Depuis mon départ, je flottais dispersé et épars. Difficile à expliquer: c'est un peu comme lorsqu'on a le sentiment de vivre immobile, inerte comme un rocher que l'eau, en ruisselant, érode au passage. En fait c'est plutôt beaucoup... On est ici et ailleurs, mais en fait, nulle part. On se laisse porter par le temps. Vide et mou. On se dissout.

Donc je flottais au hasard. Soudain qui aperçois-je? Vous!

Ça m'a fait un choc, sur le coup. Tel que j'étais, vous ne pouviez me voir. Pourtant j'ai fait un mouvement sur le côté, pour me cacher derrière un passant.

En compagnie d'une amie, vous aviez l'air enjoué. Bien sûr, vous veniez juste de finir de travailler — vous sortiez du bâtiment où au sixième, vous régnez —, mais quand même...

Ça faisait à peine... ou déjà? (Dans l'espace où je suis, le temps ne compte pas. Il ne prend d'apparence que sur les vivants que l'on voit vieillir...) Bref, à peu près un mois que j'étais parti et déjà l'oubli? Ça m'a blessé. Non ce n'est pas ça. Dans mon état, on n'a plus cette vulnérabilité-là... Vexé? Peut-être... Encore que n'ayant plus de vanité humaine, je reste plutôt sur mon quant-à-moi.. Ça m'a... Question de survie!

On ne meurt que dans l'oubli flou du Black Velvet Blues.

Ne croyez surtout pas que je veuille ou voulais me venger.

Du temps où j'étais vivant, ce n'était guère mon caractère. Dans l'ère du flou, je m'en fous. Détaché de tout, je suis comme les Dieux, tapis dans leurs cieux. Je m'emmerde.

La cruauté fait passer le temps. Ceux qui en sont les sujets sont obligés de réagir, d'innover de leur cru. Ce faisant, ils génèrent l'imprévu. C'est fascinant pour ceux qui n'ont plus de limite à leur espace-temps. On y est, si j'ose dire, juste ce que l'on y fait.

Soudain l'envie me prit de vous pénétrer par télépathie. Comme du temps où j'étais enfant. Je bandais tout mon corps, je concentrais mon esprit sur un nom. Plus souvent sur une passante. Je fixais sa nuque en essayant de projeter ma pensée: «Retourne-toi et souris-moi.» Ça ne marchait pas souvent, mais hasard ou résultat, parfois ça marchait! J'étais fier comme Artaban mais totalement épuisé.

Je vous fixe, tout entier dans ce regard tendu, me répétant: «Pense à moi, pense à moi...» Comme autrefois.

Vous étiez en train de parler, de prononcer le mot «téléphone» et soudain, vous avez marqué un temps d'arrêt. Je sentis soudain une onde de retour. Vous émettiez un état de malaise ou de perplexité apeurée. Sur le coup, je fus surpris. Craignant de m'être trompé, je recommençai, mais en vous envoyant «François, François...» Cette fois-ci, me revint un état de gêne et de culpabilité. Vous vous taisiez, et vos yeux semblaient voilés. Vous tentiez de vous raccrocher à ce que disait votre amie, pour échapper à ce «François».

Excusez-moi, mais sur le coup, je devins fou de joie! Tous les espoirs m'étaient permis. J'avais trouvé mon médium: vous. Tout me devint doux. Black Velvet Blues...

Quand je revins à moi, vous aviez disparu. Dans la bouche du métro.

Tout début est gauche et souvent maladroit. Je crus vous avoir perdue. J'avais beau me concentrer, je ne pouvais vous retrouver dans les lieux que je ne connaissais pas, mais qui étaient les vôtres. On n'a, dans l'au-delà, aucune imagination, seulement la mémoire qui s'en va en lambeaux si on ne s'en sert pas.

Je n'ai pu vous rejoindre que six jours plus tard, une fois encore, à la sortie du travail, à quatre heures et demie. Ce ne fut pas facile. Ce jour-là, vous étiez en compagnie de cinq de vos consœurs; vous parliez toutes à la fois. Je n'arrivais pas à vous agripper, tant vous étiez sans cesse en verve d'à-propos pour relancer les autres. J'allais abandonner, quand tout à coup je perçus le mot «téléphone». Comme la première fois, je suggérai le mot «François».

Choc en retour, je ressentis votre malaise, ou plutôt à vrai dire, votre contrariété. Tout en répondant à je ne sais quoi, je compris que vous vous demandiez: «Pourquoi celui-là? Ne pas y penser... Téléphoner de bonne heure à Jean...» Le contact était pris.

Cette fois-ci, je vous dis: «Regarde ta montre, tu vas être en retard.» Vous l'avez fait. En pensant: «Je vais être en retard pour André.» J'avais gagné!

Vous aviez pris cet air faussement enjoué, un peu rêveur, qui vous permettait d'être ailleurs de mon temps. Vous vous demandiez comment lâcher les autres, surtout la Parizeau, mémère comme elle est, dans le métro.

«Dis-leur que tu as rendez-vous avec ton docteur, à Saint-Luc.» Ce que vous fîtes. J'avais compris qu'il t'at-

tendait à Berri-De Montigny. Tout comme moi, autrefois. La faille était faite: je m'y suis glissé.

Nous prîmes le métro. Suggérant «André», je vous
sentis «toute chose» comme vous l'étiez quand... Je
vous savais moite. Pas encore mouillée. Mais suffisam-
ment pour être gênée. Vous avez toujours eu peur de
l'odeur de votre cyprine. Peur de vous trahir? Sûrement
pas par dégoût: celle du sperme vous affole.

C'est alors que je choisis mon rôle pour vous donner la chance de retrouver votre chaos, de repartir
pour «encore» ou à zéro. J'avais l'outil: votre corps que
j'avais connu bien plus que vos pensées. Vous aviez, ce
jour-là, ce besoin d'être baisée, qui remplaçait celui de
faire l'amour, quand l'abstinence et l'importunité vous
en avaient privé des semaines durant.

Nous étions quasiment jumelés, à présent. Nous des-
cendîmes à Berri-De Montigny. Sortie face à Archam-
bault. Il n'était pas là, mais un peu plus bas, près de la
porte des guichets automatiques de la Caisse Populaire
Saint-Jacques.

Il me parut beau, quoique un peu forci, plus jeune
que moi et plus grand aussi. Visiblement fou de vous,
déjà bandé. Le temps que vous vous embrassiez et
échangiez les mots de circonstance, je fis un saut dans
sa pensée, question de faire connaissance.

Un peu benêt. Il travaille avec vous, ou plutôt dans
le même bâtiment... Il vous aime ou le croit. Un peu
gêné: vous êtes cadre et lui pas. Nul ne sait l'avenir:
quelle que soit sa passion, il vous craint. Pour lui, votre
liaison furtive et espacée est paradoxale.

Loin de vous, il vous rêve joyeuse et humiliée,
prête à obéir à ses moindres désirs, à la fois pute et ser-
vante. Tout près, il est craintif, surtout de vous perdre,
malgré vos assurances. En bref, obéissant.

Malhabile, encore plus parce qu'il le sait, il s'en
veut de ne pouvoir se retenir, du moins la première

fois. Heureux quand, en vous quittant, il ne peut s'empêcher de penser que tout ça pourrait bien mal finir. Soit à cause du mari, soit à cause du remords de ce François dont il fut le rival heureux, incognito. Un vrai maquereau, selon vos dires qu'il ne demandait qu'à croire.

Nous nous retrouvâmes dans le hall de l'Hôtel Lord Berri. Nous laissâmes André prendre la clef, tandis que vous alliez téléphoner à Jean le message classique.

«Allô! Nounours? C'est moi! Comment vas-tu?... Oui c'est ça! Tante Adéa et moi, on va manger chez Georgio, puis après on va chez Eaton. Oui c'est ça... À moins que tu veuilles que j'attrape le dernier métro?... Tu viendrais me chercher... Ça fait trop tard? On fait comme d'habitude alors? Ça ne te dérange pas ? O.K., je reste à coucher chez tante Adéa... Rien d'urgent dans le courrier? Fais-toi à manger... Je t'embrasse Nounours. Je penserai à toi.»

Tout cela avait pour moi un son familier. Du temps de mon vivant, vous lui faisiez déjà le coup de tante Adéa. Chez qui vous couchiez par intermittence, par amour familial ou pour établir une régularité crédible.

Nous voilà dans la chambre. À peine la porte refermée, vous l'avez embrassé, comme moi autrefois, en sautant à son cou. Je ressens en vous à la fois un élan de tendresse et de mise en condition.

Ne pouvant plus vous perdre, je vous laisse un instant pour découvrir la pièce. Ici aussi, il y a deux lits faits au carré avec un seul oreiller. Dans la table de nuit entre les deux, la radio encastrée. Sur le dessus, le cendrier de tôle bleutée avec le carton d'allumettes près du téléphone. La commode en bois verni, sur laquelle a été déposé le dernier numéro de *MTL,* au cas où le client voudrait faire *Montréal by night.* Le téléviseur dont les couleurs doivent tirer sur le rouge ou le vert. Le fauteuil calé dans le coin fenêtre, la table à café. Au-dessus du bloc d'air conditionné (trop chaud l'hiver, trop frais l'été), le rideau en tulle masquant la fenêtre à glissière.

Curieux comme ces lieux se ressemblent tous, quel que soit l'hôtel. Ils sont conçus pour qu'on ne les voit plus, consommables selon le besoin, à quitter dès que satisfait. Finalement sans âme — du moins pour un vivant pour qui «âme» a un sens —, sans émotions autres que celles que l'on y apporte.

Je revins à vous. Justement vous sortiez du cabinet de toilettes où vous vous étiez déshabillée. Vous vous laviez, me disiez-vous, pour vous sentir propre. Je vous avais convaincue de rester telle quelle. Toute femme a une odeur qui n'appartient qu'à elle. Moi parti, vous remettez ça! Tant pis pour lui!

Vous avez déshabillé André, frôlant ses mamelons pour écarter sa chemise. Il me sembla un peu ventru. Sous la ceinture, il y avait déjà un pli de peau. Puis le pantalon, que vous avez fait glisser avec hâte et dont il se dégagea avec embarras.

Enfin le slip tendu à l'extrême. Le sexe apparut: pas trop grand, ni trop gros, le gland et la couronne déjà violacés et — détail qui me parut incongru! — courbé et même un peu biscornu.

«Qu'il est beau!» avez-vous dit. Tiens, vous disiez cela du mien! Personnellement je ne trouvais pas, mais pour être franc, en bite j'ai peu d'expérience. Je ne sais pourquoi, mais celle des autres m'a toujours gêné. L'entrevoir provoquait en moi à la fois curiosité et répugnance. Maintenant cela n'a plus d'importance. Je le regardai d'une façon détachée, tout en me disant qu'il est étonnant, lorsqu'on est en vie, qu'un muscle si petit prenne autant d'importance.

Vous l'avez poussé sur le lit. Déjà, à genoux sur le côté, votre tête frôlait la cuisse, le bout de votre langue était déjà sorti tandis que la main gauche empoignait la base de l'objet. Je vous redécouvrais la mine gourmande, tout comme quand nous commandions un «Indulgent» à la Pâtisserie viennoise, bien qu'«il ne fallait pas», à cause du régime.

Puis vous l'avez embouché.

Jadis, j'aimais vous voir me faire un pompier en autant que je pouvais le faire. En biais et au début... Je me souviens même nous être placés face à une glace, pour mieux vous regarder. Avec tendresse.

J'étais ce jour-là aux premières loges. Vos seins tressautaient, non au mouvement que vous faisiez long et lent, mais au moment où vous repreniez souffle, au sommet de la verge étirée par vos joues aspirant. Vous aviez l'air d'un ange. Exactement celui du parvis de la cathédrale de Reims. Les yeux charmeurs, l'air rieur et apaisant.

Je voulus savoir ce que vous sentiez. Ce n'était pas facile. Confuse, vous viviez plusieurs états seconds.

Une petite joie à cause des deux doigts maladroits qui essayaient d'entrer plus loin dans votre fente. Une autre indicible qui naissait dans le creux de votre langue qui se moulait sur la hampe de la verge, avant de râper le méat, juste avant de redescendre. Des joies de gourmande. Mais une autre, infuse, tout au tréfonds de vous, grandissait lentement sous forme de magma. Violente, contenue et cependant dominante.

Ce ne fut pas facile à comprendre. Tout en vous était diffus, vaporisé... Je perçus une allégresse énorme: celle de la puissance. Quelque part en vous, dans un jardin secret, vous exultiez: «Il est à moi. Tout entier!» Vous l'avez éraflé du bout des dents. «Si je voulais...» L'envie de le mordre soudain vous saisit, le temps d'un vertige. Puis se transforma en un long frisson de joie partant de la gorge pour s'épanouir en picotements sur le bord des petites lèvres, corolle du con. Cruelle et maternelle, il y avait en vous du tyran attendri qui joue, comme le chat avec la souris, avec celui qui l'implore, soumis.

Soudain, votre langue percevant le durcissement frémissant précédant l'éclat, vous avez choisi: «Non pas cette fois... Je veux te voir gicler.»

Vous avez débouché. Surpris, frustré, il émit une plainte: «Oh non!» Une bouffée allègre vous sublima: il était à votre merci!

«Tu jouiras quand je le voudrai!» Votre pouce et deux doigts en anneau maintenant le branlaient à coups secs, tirant la peau du prépuce violacé décalotté jusqu'au bas de la verge, modulant à chaque passage sur le visage d'André implorant sa délivrance, la souffrance et la joie confondues.

De griserie, la puissance devint ivresse. Assise sur vos mollets, le torse arqué, les seins sautillant sous la violence du geste saccadé, le clitoris durci oscillant entre les lèvres luisantes et cramoisies, tétanisée par le tourbillon montant de votre périnée, vous aviez atteint l'instant précédant celui du non-retour.

En vous fusa la tentation d'un plaisir aigu. Celui du refus du raz-de-marée prêt à vous submerger. En guise d'avant-goût, soudain la main s'immobilisa. Je vous sentis planer un instant, perdue dans le néant.

André vrillé sur son lit cria: «Non!... Ne t'arrête pas...» Puis paniqué: «S'il te plaît! Continue!»

Le plaisir de cette soumission s'ajouta à votre corps survolté par les nerfs arborescents. Tout en vous se révoltait, reprenait le cri d'André. Pour vous punir d'y céder, ou vous récompenser (tout en vous était si confus que je ne vous comprenais plus), votre main repartit lentement. Comme à regret. André souleva sa nuque à demi, vous fixant, le regard soumis et hagard.

Les temps étaient arrivés…

«Jouis!» Un ordre. Un dernier coup sec du poignet. S'élança le premier jet. Avant même qu'il retombât en pluie, vous aviez joui aussi. Une tornade, une lame vous balaya. Me bouscula dans l'immensité…

Tout comme lorsque le coup de feu claqua quand je… C'est difficile à expliquer. J'étais tout à la fois en vous et en dehors.

Surpris, ravi, inquiet. Sentiments que j'avais oubliés. Aurais-je joui? M'auriez-vous incarné le temps d'un éblouissement? Était-ce une voie ou bien un accident?

Tout comme vous et André provisoirement effondrés, vous sur lui, enfin sorti de vous, je flottais mou et flou dans la pénombre étoilée…

Black Velvet Blues…

Un peu plus tard, vous vous êtes retrouvés, d'abord du bout des doigts, puis à pleines poignées, du bout des lèvres à pleines bouchées, chaloupant sur le lit au gré de vos enlacements. M'approchant, je sentis deux émois différents à travers vos caresses.

André, le sexe rebandé mais encore gourd du premier orgasme, tendre et sûr de lui, voulait vous baiser. Ses doigts câlins baignaient d'abord dans la liqueur tiède du vagin, avant de remonter le long de la fente pour soulever enfin le clito purpurin. Chaque fois, une onde de plaisir ondulait son message dans votre corps nerveux, cajolant le désir pour mieux l'exacerber. Pour vous, c'était délicieux mais créant le besoin, bientôt la nécessité, d'une autre volupté: être léchée.

Ce faisant, l'autre main astiquant le membre impatient, il croyait se préparer la voie.

Cela m'étonna. Qu'il vous connaissait mal! Le benêt! Alors que cela fait des mois (maintenant je le sais) que vous faites l'amour ensemble, il ne sait pas encore qu'il faut rouler entre les doigts votre clé de joie pour vous faire entrer dans le nirvana des orgasmes chevauchants? Qui vous font feuler femelle et implorer, épuisée, d'être fouillée au plus profond pour y trouver l'extase?

Le métier d'amant en est un d'artisan; il n'est point de systèmes. Chaque fois, il faut chercher les arcanes cachés du pays enchanté. Il est des bonheurs d'occasion, voire des maladroits. Mais ils ne durent pas. Toute femme a sa joie préférée qui reste le mystère à découvrir si on veut l'apprivoiser.

Le temps de mon aparté, vous chevauchiez André à califourchon sur son visage. Au rythme de sa langue qui musardait sur les abords de la fente mouillée, vous flottiez dans une mer de nuages, à la fois amollie et durcie.

Quelque part en vous, vous avez quinze ans, c'est le printemps, l'air est frais. Dans votre entrecuisse tiède, des doigts papillonnent sur vos poils naissant tandis votre con humide et ému espère leur venue. Quelque part ailleurs, mais au même instant, dans un autre hôtel, assise nue, vos deux mains couronnent une nuque chevelue.

Une lame, plume et soie, lape en rond autour du clito et un frôlement dans la raie culière annonce la venue crainte et espérée de la crue quand le doigt flattera le trou.

Je me retirai de vous, remarquant au passage que deux doigts en fourchette juste en haut de la vulve soulevaient le capuchon pour permettre à la langue de pouvoir l'effleurer. C'était la première fois que je vous voyais faire ça.

Enfin vint le temps des «Oui! ouiouioui!» du plaisir proche. Puis vous avez joui dans un cri de souris, tombant les deux bras en avant comme pour faire un pont ou un arc de triomphe en l'honneur d'André.

Curieux de savoir ce que vous ressentiez cette fois, mais prudent, je ne fis que vous effleurer. Sourdait de vous un mélange de tendresse et de sérénité: l'envie de materner un André flapi vous prit. Étonnant! Vous qui portiez un stérilet pour ne pas avoir d'enfant! Cette fois-ci, votre désir était d'assouvir son plaisir en réalisant le vôtre. Un fantasme d'inceste, peut-être?

Je me reculai. Déjà vous le cajoliez. «Le pauvre petit, comme il est gonflé quand il fait le beau!»

Ça aussi je… Décidément, vous vous répétez! Le temps de poser un léger baiser (votre baiser-papillon, comme vous disiez avec moi) et dire: «Il va trouver sa maison…» Bref, la même chanson.

Voyeur vivant, sachant ce que je sais, j'aurais bâillé d'ennui ou crevé d'humiliation! Sur l'instant le désintérêt me gagna, j'allais vous attendre plus loin dans le temps, connaissant trop bien la suite quand…

«Un instant, mon chéri! Tu n'as rien oublié?

— Quoi?

— Le condom…

— Mais minou, qu'est-ce qui te prend? Tu sais bien que je n'ai pas le sida…

— On ne sait jamais…»

Vous aviez déjà sauté hors du lit, vous fouilliez votre sac fourre-tout («mon baise-en-ville», comme tu disais en riant, sans que les non-initiés se doutent oh! combien c'était vrai!).

De mon vivant, j'aurais ri un bon coup. Voir dans le rond de lumière de la lampe de chevet ce pauvre André perplexe, frisant l'apoplexie avec sa bite tendue et biscornue violacée, tandis qu'à côté du lit seul votre cul blanc maté bougeait dans la lumière, le reste s'enfonçant dans la pénombre.

D'autant plus que ce faisant, vous maugréiez au milieu des froissements et des tintements de clefs: «Ben voyons! Où donc les ai-je mis?»

Moi j'étais perplexe. Pourquoi cette peur du sida, que vous n'aviez pas de mon vivant?

Je sentais par contre un autre André naître. Les bourses gonflées, le sexe boursoufflé, tout entier dans sa rage de se soulager, le soumis prenait le chemin de la furie. Surtout à la vue du petit cul balançant. Des notions confuses du genre... «maître» «rire de moi» «enculer» commençaient à tourbillonner dans un coin de son être, aiguillonnées par ses sens exacerbés. Déjà il se soulevait sur les coudes quand vous vous retournâtes triomphante, brandissant l'objet: un sachet bleu-tée.

Vous voir de face l'arrêta. Je le sentais tremblant d'une rage interrompue, en voie de se résigner, dérouté en vous regardant tenter de déchirer le bord du sachet.

La tâche n'était pas facile: les parois d'aluminium soudées à froid sont quasiment indéchirables. À moins d'avoir des ciseaux...

André étant surtout un manuel, il saisit l'occasion de prendre la direction des opérations, ce qui avec vous, pour le peu que j'en savais maintenant, ne devait pas lui arriver souvent.

«Donne», dit-il impérativement.

Vous lui avez tendu l'objet.

Pensif, il tourna le sachet, un bord, puis l'autre.

«Ça y est, dit-il, j'ai trouvé. Tu fais un pli sur le bord du haut, comme ça, puis tu déchires... Voi-là!»

Vous l'avez regardé un instant, émerveillée. Le pouvoir mâle était sauvé! Sauf que l'événement avait un peu décongestionné son objet. Il gardait certes une belle tenue, mais ce n'était plus celle qu'il avait eue. Cela vous émut.

Vous vouliez juste l'embrasser, la tentation l'emporta. Votre bouche le happa et glissa pour l'en-gouffrer. Fugace, l'idée de le posséder à nouveau vous traversa. Le vider… Dès que la bite palpita sous la caresse de la langue, vous vous êtes retirée précipitamment.

Question condom, je suis béotien, ne les ayant jamais employés dans mon temps. Aussi je fus surpris de le voir apparaître, d'abord comme cupule posé sur le dôme du gland; puis tandis que deux doigts retenaient son chapiteau dans un pincement aérien et léger, l'autre main le déroulait blanchâtre le long du fût sinueux.

Votre visage exprimait une sorte de recueillement. L'instant était au sacré, une cérémonie dont le sens m'échappait. Il semble qu'un pli se fit. Les doigts de vos deux mains lissèrent plusieurs fois la forme laiteuse, rosie çà et là par la chair affleurant sous la membrane transparente.

L'air était au religieux. La chambre était une chapelle ardente; le lit, un autel exhaussé de l'ombre; en guise de table, le corps nu d'André mis en gloire par la lumière de chevet; et vous, une orante, le geste propriatoire envers le phallus revêtu du condom en guise de pallium.

Pour la première fois, depuis mon départ, je vous vis en tant qu'amante. Comme jadis avec moi. Vous aimiez André, à ce moment-là…

Un instant j'en fus jaloux. Non du présent mais du passé. Étiez-vous ainsi avec lui, du temps de moi? Je me promis bien de vous fureter à ce sujet une autre fois.

Pour l'instant, ma curiosité était de connaître ce que vous viviez dans un tel état. Pour mieux te comprendre dans nos amours antérieures. Avec en plus, depuis votre orgasme lors de la branlée, un besoin bizarre que je sentais naître en moi sans savoir ce qu'il était.

Je me glissai donc en vous. Sans problème. Tous ces va-et-vient avaient fait de moi un habitué de votre intimité.

D'entrée, je fus encoconé par une brume de tendresse pour le cher André, dans laquelle ça et là passaient des fragrances de regret: un désir de verge nue pistonnant dans vos parois. «Ah s'il n'y avait pas ce maudit sida... Il n'a peut-être pas eu le temps de me le refiler?...» Surpris je compris que la hantise qui vous habitait n'était pas d'attraper le sida mais bien de le donner. Tout ceci le temps d'une bouffée. Vous étiez sur André, à califourchon, la main fiévreuse ajustant le membre chaud à l'entrée de la vulve glissante, déjà entrebâillée.

J'étais tellement vous à ce moment-là, que je vous sentis en train d'enfoncer sa bite en vous. D'abord lentement, les bords de l'entrée la serrant davantage pour la palper que pour l'arrêter. Ensuite, dans un brusque à-coup, jusqu'au fond. Vous avez marqué un palier, le temps de laisser la première onde vous irradier.

L'instant d'après, vous n'étiez plus ici mais sur un cheval blanc. Le vent du galop fléchait sa crinière vers votre pubis qu'elle balayait par effleurements. Le torse arquait à la fois par le sautillement et la naissance d'un tourbillon de feu sourdant un peu plus, à chaque chevauchement, dans ce lieu mystérieux où le dos devient ventre.

Tout nous était lumières et éblouissements, dans des reflets fugaces de platine ou d'argent. Tout était dilaté chaque fois un peu plus par les saccades du corps de feu qui nous enveloppait.

Brusquement, tout fut inversé. C'était maintenant la bête qui vous chevauchait. Son poids ajoutait aux coups du pilon d'acier, du feu à chaque ébranlement. Une voix râla: «Tu vas jouir, salope, dis?» Nous n'étions, via votre corps, que bruits et mouvements. Soudain le cheval eut comme un tremblement avant de s'abattre sur nous dans un hennissement. «Ouiiiiii...» Tout implosa...

Black Velvet Blues...

Je me retrouvai flottant dans et hors de vous. Comme
la première fois. Étonné et inquiet, enfin au sens où on
l'est dans cet autre «là».

Étonné de pouvoir découvrir la mémoire de ce
sixième sens, de loin le plus beau, où je retrouvais
traces des cinq autres.

D'après moi — je peux difficilement parler des
autres, je suis tout seul dans mon espace-temps —
d'après moi, dis-je, tout mort doit avoir le regret du
vivant. C'est sa bouée.

Si j'oublie ce que je fus, je me dissous, quelque
chose me le dit. Mon recours est la mémoire des
vivants, du moins tant qu'ils ne m'ont pas oublié. Mais
mourant eux-mêmes à leur tour, cela veut dire qu'un
jour... Le mot, ici, est inapproprié, disons plutôt un
«temps», c'est le mot passe-partout... Un temps donc
viendra l'inconnu...

S'incarner — mais comment? — serait la planche
de salut. Au fond, deux fois déjà mais par procuration,
je l'ai été, à titre fugace, grâce à vous.

C'est bien ce qui m'inquiétait.

Je me suis tué en manque de toi. Je ne voulais
plus dépendre. Mais pour le moment, j'en prenais le
chemin. Vous étiez le seul humain que, pour le
moment, j'avais «accroché». Peut-être parce que, quelque part en vous, il restait encore une part de moi.
Peut-être...

Peut-être que l'on n'est, au sens d'être et non d'e-
xister, que dans le désir de l'autre. Après tout, peu ou
prou, les vivants sont un peu les fruits des passions qui
les ont précédés. Chaque baise est naissance et «petite
mort» à la fois. (J'en parle en connaissance de cause!)
Un clin d'œil d'éternité. Pas étonnant que les dieux (ou

le, allez donc vérifier!) soient jaloux, par la voix de leurs
prêtres, de la sexualité. C'est par elle que nous leurs
avons échappé. Maintenant je le sais dans le «constant»
qui me tient lieu de temps d'être.

Black Velvet, *if you please...*

Je vous ai laissé cette nuit-là, André sur vous effondré.

Un flash m'a rappelé au petit matin. L'air tendu,
les dents serrées, il vous prenait en levrette, à grands
coups saccadés, la sueur de son ventre clapotant quand
il vous pénétrait.

Les yeux mi-clos, encore assoupie, agenouillée au
pied du lit, la tête hochant au rythme des bourrées, les
seins en pendule, vous retenant d'une main, l'autre
titillant frénétiquement le clitoris abandonné pour
secourir un plaisir qui tardait à venir, vous ballottiez à
chaque poussée.

Ce qui me frappa, ce fut la capote. Parce que trop
grande ou mal ajustée, parce vous la serriez ou
qu'André était à demi bandé, je ne sais, par à-coups
elle s'enfonçait en vous tout en dégageant le bas du
membre.

Cela devint un jeu pour moi, le reste ne m'inté-
ressant pas: glisserait-elle jusqu'au bout, cette tache
oblongue et blanchâtre pour disparaître en vous? Joui-
rait-il avant? Dans mon espace-temps, le hasard tient
lieu de jeu.

Il en restait la moitié dehors quand il s'arqua sur
votre cul, le visage crispé par la douleur d'un plaisir
trop attendu.

Je sus que vous n'aviez pas joui. Vous étiez trop
fatiguée, ayant peu dormi (il vous faut huit heures par
nuit). Vous vous étiez prêtée à le satisfaire par cette
mansuétude qui naît du corps assouvi. Vous ne vous
étiez point donnée.

Vous vous êtes levée la première, la main dégageant le sexe d'André et son habillement flapi à son extrémité. Vous étiez pressée de partir. À peine lavée, vous avez pris deux comprimés. Percodan. Pour vous remettre en forme.

Tel était donc ton secret! Tu m'étonnais toujours de mon vivant, quand après la fête de nos nuits, tu devenais pimpante, en pleine forme, lors du petit déjeuner qu'on prenait à la hâte avant de se quitter.

Il émanait de vous une envie féroce de récupérer. Performer est votre hantise: vous êtes une battante aux ambitions bien dissimulées. Mais aussi par souci que rien n'y paraisse. Pour vous, tout signe de fatigue en serait un de faiblesse aux yeux de vos subordonnés.

Au fond, au travail comme en amour, le pouvoir vous est tout. Malheur à qui le met en danger! Je commençais à comprendre.

Il fut un temps où tu ne pouvais te passer de moi. Tu m'en voulais et je ne le savais pas. Je me souviens les jours d'«après», tu me boudais dans nos rendez-vous, tout en disant: «Ne fais pas attention, j'ai des jours comme ça.» Pourtant chaque fois un peu plus à regret, c'est toi qui fixais nos jours.

Lors du peu de temps qu'on volait aux autres, de moins en moins souvent jusqu'à la dernière fois, c'est toi qui, sitôt la porte fermée, me broyais le corps tout en me feulant: «Fais-moi l'amour!» C'est toi qui poussais tous ces mots tabous, parce qu'orduriers hors des fêtes du corps, pour nous célébrer.

Petit à petit, vous m'avez haï comme on hait la drogue dont on ne peut plus se passer. Vous vous êtes sevrée de moi pour récupérer cette volonté que vous croyiez en danger. Par crainte d'un coup de tête qui pourrait mettre en péril une vie médiocre (d'où vos àcôtés) mais de sécurité. Votre port d'attache avec mari, bungalow et chat.

Je compris tout ça, ce matin-là en vous voyant sortir du Lord Berri, fringante, l'air assuré. Le Percodan faisait son effet. Vous avez pris un taxi pour arriver la première et pour le premier café avec votre «seconde».

André, qui n'était plus que «lui» dans votre pensée, a pris le métro. L'incident du matin étant ainsi forclos, il avait repris sa place dans la hiérarchie de votre libido. Commode et dispos.

Black Vevelt Blues était loin de vous.

On ne fait pas ce que l'on veut dans l'au-delà. Je crépitais, intermittent dans la mémoire des autres (vivants, cela s'entend!), au hasard des jours et des occasions.

Quelquefois, j'étais évoqué dans quelque brasserie, pleine de musique et de cris, autour d'une table garnie de pichets de bière. Le plus souvent à propos de ma mort «à effets» qui n'était pas, comme d'ailleurs je l'avais voulu, passée inaperçue. Vivant, j'étais cabotin dans l'âme. Avant de me tuer, je n'ai laissé qu'un mot, devant moi sur la table: «Comprendra qui pourra», mourant ainsi comme j'avais vécu! J'étais juste un souvenir passant, au mieux, une incidence de la conversation.

Vivant, j'étais connu de mon petit milieu, et accessoirement durant des périodes provisoires, d'un grand nombre de gens. J'étais auteur de théâtre mais surtout scripteur d'émissions. L'esprit des autres.

Mort, j'étais devenu pour mes ex-confrères un souvenir confus se délitant rapidement: «C'était le bon temps!» Les morts ayant le don de toujours rester jeunes aux souvenirs des vivants.

De temps en temps, je retournais vers vous. Un peu malgré moi. Vous étiez ma routine. Hors André, vous étiez quelque peu monotone.

Black Velvet, *if you please.*

Il y avait aussi quelques sirènes qui m'attiraient dans des souvenirs d'êtres dont j'avais traversé la vie. C'est ainsi qu'un soir, chez Louise Tremblay, où j'avais déjà fait de furtives escales, étant le prétexte à des blues passagers, autour de la table en merisier — sur laquelle jadis je l'avais baisée à sa demande au son de Bob Dylan sussurrant *«Like a woman»* — je devins l'objet des conversations.

Il y avait là Robert qui travaillait chez Sygma, ex-copain de boire. Bertrand, un metteur en scène que j'avais connu de vue, sans plus, deux personnes qui me disaient quelque chose et deux femmes parfaitement inconnues, qui se révélèrent «journalistes» au cours de la soirée.

Avant vous, je fus un homme à femmes. Cette part de moi vous attira un peu. Tout changea avec vous. Nos amours étant secrètes pour vous accommoder, il m'en coûta. Je vous aimais et j'aurais voulu le clamer au monde entier. Mais il y avait Jean, n'est-ce pas? Je fus forcément discret. Le contraste fit jaser mais je ne le savais pas. En amour, à part vous, je me foutais de tout.

Ce soir-là, j'en appris de belles! Bien après vous: ce n'était même plus un bruit qui court, ni une nouvelle. Presque une vérité virtuelle... «Vous comprenez, on l'a incinéré sans faire d'autopsie, la preuve on ne l'aura jamais...»

Bref pour faire court — mais vous le saviez déjà! — si je m'étais suicidé en pleine santé, c'est que j'avais appris que j'avais le sida. Cela assuré, il allait de soi que dans le plus grand secret, j'étais devenu homosexuel. Ceci expliquant cela. Donc, mon fameux mot «Comprendra qui pourra»...

Je ne m'en serais jamais douté.

Homosexuel, je ne l'étais pas. Vous étiez bien placée pour le savoir. Non par vertu. Ni dégoût. Par choix.

Tout jeune, dans ce moment de la post-puberté où les gestes sont plus graves que les pensées, dans un cinéma, une main m'avait frôlé. Cela me tourneboula. Avalant ma salive, je me forçai à fixer l'écran. La main s'avança le long de ma jambe, câlinant le muscle au travers du tissu. C'était à la fois agréable et oppressant. Quand elle atteignit la glissière, malgré moi, ma bite était en émoi. Un frôlement la rassura. Déjà des doigts la palpaient à travers le caleçon. J'avais honte mais c'était bon. Défirent les boutons. Un doigt, puis deux, puis trois envahirent la braguette, s'appesantissant sur la bite durcie et enflammée. Enfin ils la saisirent pour la branler.

C'était la première fois qu'une main autre que la mienne la caressait.

Je tournai lentement la tête pour voir mon partenaire. La lueur de l'écran clignotait sur le visage d'un vieux (il avait au moins trente ans!), dur et souriant d'un air affamé. Je pris peur. Croyant me rassurer, il se pencha vers moi pour me chuchoter d'un ton sûr de soi: «C'est bon? On va faire un tour aux toilettes?»

La panique me prit. Je me levai d'un bond, et bousculant les gens assis dans le rang, je me ruai vers la sortie.

Voilà mon passé d'homosexualité.

Le sida expliquait le condom. Vous aviez cru ça de moi?

Je voulais vous aider à conjurer la crainte infondée. Mais d'un autre côté, je venais d'apprendre un maître-mot pour vous incuber. Pour vivre en différé, par vous interposée.

Dès que la conversation prit une autre direction, je repartis dans le temps en attente de vous. Sachant combien la peur de la mort terrifie les vivants, j'avais envie de sublimer en vous la vérité. Vous faire concevoir que mon départ était en fonction de vous et non pas de la peur du sida que je n'avais pas. Peut-être pour vous torturer à mon tour et vous faire porter un peu le deuil de moi...

«Black Velvet, *if you please...*»

Je vous ai rejointe dans un wagon de métro, entre Berri et Longueuil. Assise, accoudée, vous faisiez gueule commune avec les autres passagers: l'air absent et atterré des gens qui sortent de travailler.

Dans votre corps engourdi, circulaient de vagues pensées. Une histoire de rapports que je ne comprenais pas, un reproche d'avoir un peu trop utilisé votre carte Visa, Jean qui faisait le point sur son impuissance et la thérapie qu'il traînait depuis trois ans...

Tout ça n'était qu'un magma autour de l'idée «sida», donc de moi... «Suis-je oui ou non, séropositive?» Une velléité. «Faudrait que je passe un examen sanguin...» Aussitôt étouffé par «Il ne l'avait peut-être pas. Après tout ce sont les journaux à potins qui... Il me l'aurait dit si...» Savoir ou pas? Et savoir quoi? Une autre lame vous balaya. «Mais alors, s'il ne s'est pas tué à cause de ça?...» Quelque chose en vous aussitôt l'étouffa. Une obscure terreur vous faisait préférer l'idée du sida. Un goût de punition se mêlant à une peur incertaine...

J'avais beau me concentrer sur vous, cherchant à vous suggérer cette idée: «Mais non, François n'avait pas le sida, c'est à cause de toi qu'il a...» Ça ne marchait pas. Vous étiez tout entière à la morosité. Au lieu de glisser en vous, c'est vous que j'installais en moi, devenant autour de vous une chape ou plutôt votre aura.

À la sortie du métro, à peine avions-nous mis le pied sur le quai de la cour intérieure, qu'une Volkswagen Golf vint s'arrêter pile devant nous. Vous êtes montée à l'avant. Pendant le temps du voyage, je fis juste une incursion dans Jean, que je voyais pour la première fois.

L'air jeune et costaud, un ancien blond platine à en juger par les reflets de sa chevelure grise et clairsemée. Les ans avaient un peu bouffi aux pommettes et aux coins des yeux ces traits féminins qui adoucissent le visage des guerriers. Un homme d'ordre et d'anarchie, comme ses ancêtres allemands.

Chemin faisant vous parliez tous deux. Le temps pour moi de le quitter et de redevenir votre contour, nous étions arrivés dans votre maison. À Brossard.

Elle était un peu à l'image de votre réalité que, de mon vivant, la passion m'empêcha de voir. Douillette et bourgeoise avec, çà et là, des restants de lubies anciennes.

Le temps de s'en imprégner, il émanait des objets des signes et des arcanes dont les sens ou les secrets vous appartenaient en propre. Il y avait même des signes de moi: trophées ou symboles, je ne sais. Une reproduction de Klimt que je vous fis connaître dans un coup de cœur, accrochée dans l'escalier. Dans votre chambre en haut, rose et blanche, rideaux de tulle évidemment où vous vous rêviez jeune fille, un stylo que vous ne m'aviez pas rendu. Ils me devenaient balises d'un univers apparenté aux miens de jadis, même si je n'y étais jamais venu.

Tout ceci simultanément. J'étais à la fois votre aura, dans la chambre et le salon, un peu partout à la fois. Le temps dans l'au-delà est en multiples dimensions. On y est sans chercher à se l'expliquer, comme au temps de son vivant.

Vers les neuf heures, nous étions face à la télévision. Chacun était ailleurs, tout en faisant semblant de partager le moment avec l'autre pour masquer ce qui le hantait.

Jean vous offrit un verre de scotch, que vous avez accepté avec un entrain presque enfantin. En fait tout comme pour lui (mais ça, vous ne le saviez pas), c'était un moyen de faire diversion, en cas d'embarras, puisque tous les deux vous ne fumiez pas.

Entre autres bouteilles, il prit celle que vous aviez vous-mêmes choisie au Liquor Store d'Albany, lors d'une fin de semaine aux États-Unis. Pour vous complaire et susciter en vous, peut-être, l'envie de provoquer, même de demander, ce qu'il mourait de vous faire: vous baiser. Il se rassit à votre gauche, un peu gêné, à demi bandé. Entre la crainte de soi («Vais-je pouvoir oser jusqu'au bout?...») ou d'un refus et la famine de votre cul.

Quelque chose m'attira soudain vers la bouteille qu'il posa sur la table à café après avoir garni deux verres Murano, terre-de-Sienne et indigo. La bouteille verdâtre et opaque, comme il convient pour un pur malt de qualité, avait une étiquette caramel: Caughmore, Pure Malt, Black Velvet Label...

«Deep of mine — You stay mine when you go — To dress up my mourn, my disease — Black Velvet — If you please...»

La tête contre son épaule, face à l'écran, vous en avez pris une gorgée. Juste après la brûlure, un long frisson de regret entre le sexe et le gosier vous parcoura. La chaleur vous sublima tandis qu'en votre corps se diffusa mon nom, «François...»

Cela me donna l'envie d'être ce dont vous aviez besoin. Ne fût-ce que pour durer en vous. Tout comme les vivants, les morts s'accrochent au présent tout en se demandant s'il y a un ailleurs après. Où que l'on soit, il y a toujours un après...

Pendant le *Téléjournal,* comme tous les soirs, les nerfs doucement en vous se sont posés. Petit à petit, vous êtes devenue engourdie puis vous vous êtes assoupie: je vous sentis dans moi devenir cotonneuse, glissant vers un néant mœlleux absorbant le présent.

Il était temps de vous coucher. Vous avez embrassé Jean sur le front, en guise de bonne nuit. Tendresse coutumière avant de vous quitter, depuis que vous faisiez chambres séparées. Puis vous avez gravi l'escalier, un peu titubante, euphorisée par la fatigue et l'envie de dormir qui vous sublimait par petites bouffées.

J'ai eu très peur à ce moment-là. Je sentais que vous vous échappiez de mon aura pour partir dans un espace hors de moi. Heureusement, en vous déshabillant, vous avez heurté le sein de silicone. Le gauche. Non que ça vous fit mal. Cela vous gêna. «Je n'aurais pas dû prendre un second verre», avez-vous pensé.

Je sautai sur l'occasion. Je fis résonner, étiré et assourdi, comme provenant du sommeil où vous vous laissiez aller: «Black Velvet Label... Black Velvet Blues... Heureuse et dénouée... Black Velvet... sereine et apaisée... Black Velvet Blues comme au temps de François.»

Engourdie dans la nostalgie, délicieusement prise entre hier et maintenant, vous avez éteint la lampe de chevet pour rejoindre le pays incertain que votre corps exigeait, en m'emmenant avec vous. J'étais en vous et vous en moi. Black Velvet Blues...

C'était la première fois que je partageais votre sommeil. À prime abord m'échappa toute une partie de vous. Tout y semblait suspendu entre l'informe et le flou.

Des images commencèrent à s'entremêler, se chevauchant, s'entrecroisant, s'effilant au gré d'un mouvement, ondoyant comme des fils en quête de trame. Je me mêlais à eux.

Passèrent en volutes une femme au visage souriant dont les lèvres s'amincissaient en s'étirant; un grand rire; une salle de meeting que vous présidiez, les silhouettes des personnages autour de la table serpentant comme des algues bercées par les courants des images dégingandées, dont moi blafard sur fond sépia.

Je sentis soudain vos bronches se contracter par respiration saccadée, vos yeux clignoter. Sous votre peau détendue, vos muscles tressautaient. Quelque chose en vous essayait de s'accrocher à des mots qui jaillissaient en bouquet comme un feu d'artifice, aussitôt oubliés dès qu'ayant crépité.

J'en saisi un au passage. «Black Vevelt...» Sous forme de volute, d'abord il essaya de rejoindre les autres. Peine perdu, je le maintins en vous. Alors une brume commença à nous habiter dans laquelle surgit lentement quelque chose qui ressemblait à ce que j'étais. Distordue comme un reflet dans un miroir déformant.

Dispersé en vous, je sentis soudain sourdre au creux du giron des palpitations dues au désir mêlé d'effroi. Déjà une rosée à peine perceptible suintait dans le vagin, tandis que les muscles commençaient à se rapprocher comme pour empêcher l'entrée appréhendée d'un importun.

Des spasmes agitaient, en lui donnant des lueurs lactées, le col de l'utérus, contracté à chaque sursaut.

Votre crypte était prête au culte. Ses parois carminés étaient illuminées par l'affleurement de la cyprine et du sang, prêts à célébrer la venue d'un dieu espéré et redouté.

Vous étiez ballottée dans un vertige oscillant. Déferlaient brusquement des pensées en rafale, chacune bousculant celle qui était devant, avant de se retirer... «Non, François... Sida... Pas pour ça... J'aurais dû... Mort... Envie de toi... Mort.» Brusquement, vous avez pensé: «Ce n'est qu'un rêve après tout.»

Vous avez commencé à m'imaginer couché près de vous, avançant ma main vers le sein droit. Je voulus vous rejoindre. Au plus loin de moi, je retrouvai le souvenir tactile de votre aréole granuleuse et soyeuse à la fois. Tendu à la fois vers vous et en moi, je me concentrai: j'étais à la fois la main qui palpait et le sein rescapé. Puis le bras, au bout duquel mes doigts vous malaxaient. Soudain, je ressentis en vous un frisson de joie provenant du sein.

Je fus fou de joie! Ça marchait!

De nouveau, je me concentrai me fixant sur l'en-moi, tout en m'incrustant en vous. Je fis revenir, autant que je le pouvais, tous les souvenirs du corps d'autrefois.

La dureté souple des cuisses et du cul; la chair serrée autour du val de la colonne vertébrale; le poids des côtes sur le thorax, bardé de quelques plaques de graisse; la nuque tendue et tirée; la bouche au palais gluant et au pallier sec; les lèvres, humectées par une langue rêche, glissant sur votre peau près de l'oreille, que les dents brûlaient de mordiller.

Je m'imaginais vivant. Je l'étais dans votre rêve et votre corps habillé par le désir. Je vous vivais par l'en-dedans. Je palpitais à chacune de vos pulsions. Puis je perçus, comme autrefois, vos mains sur moi, à la recherche de ce sexe encore absent.

Votre main le recréa, mes souvenirs supplantés par les vôtres. Petit à petit en vous se forma, entre vos doigts en cerceau, l'ectoplasme d'une forme qui durcit et devint de plus en plus précise au fur et à mesure des sensations retrouvées par les nerfs.

Je me sentis bandé quand surgit en vous le retour d'un moment d'antan où vous m'aviez serré si fort la tige tumescente que la douleur avait fait naître l'amorce d'un pleur dans le coin des yeux.

Je n'étais plus jadis, ni là. J'étais ailleurs en vous et sur vous quelque part dans un autre espace-temps.

Une part de moi passa le souvenir de mes bras en dessous de vos cuisses qu'il écarta. Une autre se rappela avoir été épaules portant vos mollets en collier.

Puis se fit le miracle. Pendant un instant, nous fûmes à la fois moi et vous. Mon imaginaire venait me rejoindre en vous au moyen de ce sexe que vous aviez ressuscité.

Vos mains agrippant le haut de mes fesses, les yeux mi-clos, vous avez entamé le long ballet des reins, venant à la rencontre des miens jusqu'à que mon pubis cogne à votre margelle.

Dans votre con, je vivais la célébration de mon nouvel état. J'étais la moiteur douce comme de la soie chemisant le manchon que j'élargissais un peu plus chaque coup, tout en glissant jusqu'au fond où parfois mon gland s'écrasait contre le col de guingois. Dans le retrait, j'étais vos muscles se serrant et ma bite les fuyant pour s'arrêter au pallier. Je vibrais dans les frémissements lointains mais ondoyants qui préparaient quelque part en vous le chant strident de notre délivrance.

Tous vos sens étaient moi, vous étiez les miens. Nous avions atteint l'espace divin.

Black Velvet Blues...

Pourquoi a-t-il fallut que vous ouvriez les yeux?

Vos mains se crispèrent sur vos flancs. Votre bouche s'ouvrit grande, marquant un point d'arrêt, cherchant un peu de souffle entre deux bourrées. Les yeux s'agrandirent: je sentis naître en vous d'abord l'étonnement, la stupeur et soudain, comme un raz-de-marée, une tornade de terreur précédant la naissance du cri.

Je ne compris pas pourquoi sur l'instant. Soudain une partie de moi se détacha de vous. Vos ongles s'enfoncèrent dans mon fantôme de chair, si fortement que je crus un instant que j'étais dans l'hier, du temps de mon vivant.

Vous haletiez à présent. L'effroi vous serrait la trachée. Un instant vous avez eu envie de vous débattre, de me repousser, tandis que vos reins continuaient à chaque bourrée d'accompagner les miens.

Petit à petit tandis que j'essayais de me réfugier dans votre con, pour tenter d'abolir cette part externe de moi que vous veniez de créer, la vérité, aussi aberrante qu'elle fut, m'apparut. Vous m'imaginiez vivant tout comme j'essayais de l'être.

Soudain comme autrefois, j'eus brusquement cette envie de vous. De vous faire crier grâce avant d'accorder merci à mes nefs survoltés et de me répandre en vous. J'accélérai la cadence.

L'autre partie de moi qui était resté en vous sentait votre vagin fulguré par des contractions, dues à la peur et à la faim d'orgasme.

Vous deveniez folle, terreur et plaisir mélangés. Vous commenciez à gémir

«C'est pas vrai.. c'est pas vrai…»

Je pensais vous sourire…

«Dis-moi que ce n'est pas toi, François… Ce n'est pas toi!»

Je gonflais votre vagin sous la pression du membre imaginaire…

«Pardon, pardon…»

Soudain l'orage éclata, une vague de sanglots vous secoua. Vous étiez sur le fil du rasoir, balançant entre la douleur et la joie. Quant à moi, tout comme autrefois, je fuyais la tornade que je redoutais cependant: tant que je souffrais j'étais vivant, du moins pour nous deux.

Le feu vous prit soudain, comme pour tarir vos pleurs.

«C'est bon, c'est bon… Oh ouiiiiii!»

Une trombe de chaleur vous emporta en tempête. J'allais m'y laisser entraîner quand...

La porte de votre chambre s'ouvrit brusquement.

«Chatoune, qu'est-ce qu'il y a?»

Le temps pour Jean d'éclairer le plafonnier, un grand déchirement me fulgura. Mon apparence s'évapora vers le passé, en même temps que vous perdiez l'illusion de mon incarnation. Je sortis de vous. Pas tout à fait, cependant: mutilé par la joie, une part de moi, indéfinissable, demeura en vous dans les profondeurs de l'outre-vagin, là où l'ombre se moire d'écarlate.

Les bras en arceaux, les jambes en cerceaux enserrant encore l'espace de mon corps que vous n'imaginiez plus, sidérée, vous êtes restée suspendue entre le regret de l'ombre et le cru de la lumière, avant de retomber stupéfaite sur le drap froissé et collant de sueur. Sous le regard de Jean qui vit en même temps votre visage de femme heureuse qui muait, dans un fondu enchaîné, craintif et étonné.

«Jean, qu'est-ce que tu fais là?

— Je t'ai entendue crier. Quelque chose ne va pas?»

Vous le regardiez ébahie. Lui contemplait votre toison rousse sur laquelle perlaient en chatoyant des traces de cyprine. Gêné et fasciné, il sentit dans un picotement son sexe se gonfler lentement.

«J'ai... Je viens de faire un cauchemar... C'est... C'était horrible.»

Vous ne mentiez qu'à moitié. Le souvenir de mon corps continuait à réjouir votre con qui dégorgeait encore un petit filet mousseux. À l'intérieur, où j'étais capté, confus, tout était tiède, moite et heureux, dans le bonheur d'après-baise. Ailleurs en vous, tout était rempli d'effroi, par la peur d'être folle, à la pensée d'avoir pu imaginer en rêve ou en réalité de faire l'amour avec un mort.

Un sentiment de culpabilité vis-à-vis de Jean qui venait de vous surprendre vous inonda. Était-ce ça, ou le souvenir encore brûlant du membre éphémère dont votre raison doutait, qui vous poussa à mettre votre main en conque sur le con tiédi? Je ne sais. Ce n'était pas le geste à faire. Il irrita et excita votre mari. Son nez se pinça, ses lèvres s'amincirent. Quelque part en lui se formait la colère du mâle outragé. Simultanément, sous la culotte du pyjama un mat finissait de se tendre.

«Horrible, je te crois! Tu poussais les cris d'une femme qui se fait fourrer, oui!»

Cela vous heurta.

«Jean, qu'est-ce qui te prend? Tu sais bien que j'ai horreur de ce vocabulaire. Je ne le supporte pas.»

Jean commençait à frémir.

«Oh! ça va! Fais-tu autant de manières avec tes amants, quand tu te fais mettre?»

Cela vous déconcerta. Pour éviter la guerre que vous sentiez poindre, et que vous n'auriez pu gagner, tant vous étiez fatiguée, il vous fallait jouer la remise.

Aussi, avec un sourire las:

«Mes amants, mes amants! Mon pauvre Nounours, tu es complètement malade! Qu'est ce qui te prend? Tu viens me faire des scènes de jalousie au milieu de la nuit, maintenant? Sois gentil, laisse-moi dormir.

— Ah bon, parce que tu n'as pas d'amant? Et avec le François, l'artiste, tu faisais quoi? Du tricot?

— François, c'était fini depuis bien longtemps quand il est mort…»

Ce disant, quelque chose en vous pensait: «Du moins je l'espère!» Je vous trouvais bien ingrate!

«Puis enfin, c'était un peu de ta faute. Si tu t'étais soigné avant…

— Et l'autre?

— Quel autre? Ah! non, tu ne vas pas commencer!

Tu devrais parler à ta psy de tes crises de jalousie...

— La psy, c'est fini... Regarde...»

Les pouces dedans, les mains bien à plat, il baissa le pantalon. Longue et mince, surplombée d'un gland lourd, légèrement courbée, apparut sa bite en état d'apparat.

Sa vue vous attendrit, fit tomber votre colère qui commençait à monter. La fatigue vous reprit, jouir vous avait achevé.

«Le pauvre petit, comme il est gonflé quand il fait le beau!»

Décidément, c'est votre phrase-bateau!

Encouragé, Jean enleva le pantalon, traversa la chambre. Chaque pas faisait hocher le gland luisant au bout de la bite tendue. Il s'arrêta près du lit.

«Pousse-toi, Chatoune! On repart à zéro!»

Là, vous avez manqué d'à-propos. Alanguie sur l'oreiller, le sommeil vous gagnant, peut-être trop sûre de vous, vous lui avez souri tendrement. Que n'était-il venu avant? En vous se mélangeaient le contentement de retrouver la possession perdue et l'envie de vous reposer. Tendant la main, vous avez doucement flatté l'objet...

«Je suis si contente de le voir comme ça... Pas ce soir, Nounours, je suis crevée. Demain, c'est promis, je m'occuperai de lui...»

Je sentis Jean se raidir. Pour lui c'était ce soir où jamais. Il commença à vous pousser.

«Sois gentille, pousse-toi. Rien qu'une fois! Regarde, ce soir, il est prêt.»

Vous n'aviez qu'une envie: dormir. Merde, maintenant qu'il peut, ça peut bien attendre un peu, non?

«Nounours, n'insiste pas! Je n'ai pas envie, je suis crevée. Demain matin, promis, je viendrai l'éveiller avant le petit déjeuner! Maintenant laisse-moi, s'il te plaît.»

Il y a toujours une fois de trop. Pour cet homme, un peu bedonnant, qui avait passé quinze ans de sa vie en tant que sujet de votre fantaisie, elle était arrivée.

Soudain émana de lui une fureur sauvage. Je voulus la connaître en le hantant un peu. Impossible. Une tornade de frustrations, de jalousies rentrées et de ces cruautés que connaissent quelquefois les victimes pour leurs bourreaux bien-aimés, montait du plus profond de lui.

Je retournai en vous pour vous mettre en garde. Non par pitié mais parce que, je vous l'ai dit, quelque chose de moi, indéfinissable, demeurait en vous dans les profondeurs de l'outre-vagin, là où l'ombre se moire d'écarlate. Je vous voulais en vie: en lui se formaient des désirs meurtriers. Je vous ai suggéré: «Attention... mieux vaut lui céder.»

Se balançant un instant sur ses jambes, il vous fixa et dit:

«Maintenant!»

Ne m'ayant pas perçu, vous avez répondu: «Non! Fous-moi la paix!

— Salope!»

Il tomba sur vous, vous saisissant les bras, cherchant à vous écraser, tout en grondant d'une voix basse: «Fini le petit mari! Le cocu! Le castré! Fini de jouer à la mère! Tu vas y passer!»

Tout en vous débattant, peut-être aviez-vous pris un air interlope qu'il prit pour de la complicité. À vrai dire, c'était le tohu-bohu: fatigue écrasante, rage de la volonté contrariée, peur de cette révolte soudaine qui vous étonnait et aussi, ce qui me surprit, une certaine admiration teintée de crainte envers ce mâle revenu. Tous présents en même temps.

Se glissant entre vos jambes, il les écarta des genoux. Vous avez cessé le combat. Sa main guida le membre dans l'entrée humide. Il marqua un arrêt. Puis vous empala d'un coup.

Un vent de chaleur nous irradia. Au deuxième coup, sa bite eut un sursaut: il déchargea.

Son corps devint mou. Il s'effondra sur vous. Vous l'avez doucement repoussé sur le côté.

«Je... J'étais comme fou... Chatoune, pardonne-moi! Je... Tu comprends, il y a si longtemps.»

En vous, renaissait le goût de la puissance. Un jour, il vous payerait cette révolte d'enfant, mais pour le moment, mieux valait le garder dans la crainte. Demain, vous le remettriez à votre main.

«Je ne veux plus te voir! Fous-moi le camp! Sors d'ici!

— Chatoune, je suis...

— De-hors!»

Il se leva, l'air atterré, marcha à reculons jusqu'à son pantalon qu'il ramassa avant de se retourner. Pendant tout ce temps, vous affectiez un air dur qui masquait mal votre jubilation. Coupable, il était désormais à vos ordres. À jamais, en guise d'expiation.

«Éteins et ferme la porte!»

Ce qu'il fit.

Tournant sur le côté, d'un seul coup, béatement, vous vous êtes endormie. Échappée.

Black Velvet Blues...

Quelque chose de moi, indéfinissable demeure en vous dans les profondeurs de l'outre-vagin, là ou l'ombre se moire d'écarlate. Malgré moi, je suis clandestin en vous.

Cette part de moi se dissout en vous. J'ai peur: petit à petit, la mémoire me fuit. Je suis incapable de résister à cette force qui m'aspire quelque part en vous. Je me délite, je périclite...

Quelque part en vous, dans l'outre-vagin, spirale une galaxie autour d'un trou noir où tôt ou tard j'irai m'engouffrer, vers un ailleurs autre, dans le néant et le flou.

Black Velvet Blues…

Si c'est ce que je crois, appelez-le François!

La Ouate

De toutes les matières
C'est la ouate qu'elle préfère
Passive elle est pensive
En négligé de soie

(Air connu)

C'était début juillet. Ou bien plus tard peut-être? Sur le balcon lointain qu'encadre ma fenêtre, un matin je la vois.

La fille d'en face au négligé tabac.

Ici dans le quartier, on vit sur nos arrières. Cossus ou mal foutus, nos devants sont sévères. Moi je suis sur la rue. Elle, sur l'avenue. Ainsi s'appelle la ruelle Chateaubriand, sans doute en souvenir des largeurs somptuaires, plus haut, passé Beaubien!

Nos galeries de bois tordu, nos shacks de tôle ondulée et nos escaliers d'incendie sont nos patios d'été. On fait, côté jardin, clôture commune avec la fille d'en face au négligé tabac.

Passant quand il faisait beau, devant les carreaux du salon-boudoir, je l'apercevais se faisant dorer, toute étirée le long de la galerie en claire-voie. Lisant ou faisant semblant. La fille d'en face au négligé tabac.

Grâce à l'Hortense de Sidonie, j'ai appris son nom: Émilie.

Hortense, tous les matins, venait pisser sur mes espoirs de jasmin. Et tous les matins, je partais en safari chat! Hortense, la clôture sautée, allait se percher sur les sept ans de Sidonie.

«Il s'appelle Hortense parce que quand il était petit, ben on n'a pas vu le zizi!...» On est devenus amis, Hortense, Sidonie et moi. Tant pis pour les jasmins! Du coup, de loin, elle m'envoyait la main, la fille d'en face au négligé tabac.

Au hasard de l'été, je l'ai vue habillée de bien des façons, l'Émilie du balcon. Débardeur, short ou tee-shirt, décolletés, chemise ouverte. Même qu'ils étaient très petits: un peu fripés, un peu bas. Tout ronds: deux œufs au plat.

Tout sur elle semblait déguisement et je lui inventai des rôles. Je la voyais fermière, vamp, écolière, ou «beach-party».

Lors des grandes pluies d'automne, la voyant arpenter les coursives de son balcon, avec ses bottes d'égoutier, son ciré jaune à capuchon, ému par son héroïcité, je l'imaginais capitaine du *Titanic* en péril sauvant le lavage du naufrage.

Il m'arrivait souvent d'avoir l'œil infidèle, une journée ou deux, pour cause de beau temps, d'argent ou de port parallèle. Les ordinateurs sont des amours exigeantes!

Je la retrouvai un soir, savourant sa nonchalance baignée par la gloire du soleil couchant. Trônant sur son balcon dans les derniers rayons qu'elle absorbait d'un air ravi en attendant la nuit.

La fille d'en face au négligé tabac.

La nuit, tout est pastel au travers des fenêtres.

Dans les encadrements, les tulles amollissent les ombres et les couleurs. Un arrondi bleuté, c'est le téléviseur. Ovales et disloquées les silhouettes ondoient sur les tâches de lumière, ocelles de la nuit. Le spectateur devient voyeur de l'au-delà, érotise le flou.

Aux formes qui dansaient dans la contre-lumière, quand je fixais le monde de là-bas, je donnais un nom selon la taille et la danse: Émilie, Sidonie, Lui peut-être? Si Lui, qui était-il? Je l'enviais.

Ne restait plus dans la nuit qu'un liséré éblouissant au bas de la fenêtre, précurseur du lit lumineux où, lent et majestueux, un corps d'homme modulait, dans un reflet havane, l'enfance du cri dans le sexe coruscant de la fille d'en face au négligé tabac.

Puis arriva l'hiver, le temps des vitres glauques et grisâtres de la nuit, aveuglées et noircies par les reflets du soleil pâlot quand on croit qu'il fait beau. Les jardins de l'hiver où ondulent immobiles les vagues de glace que les tempêtes nous ont laissées, nous refont étrangers. On ne se voit plus, encore moins se regarde! Tout juste on s'entraperçoit. On s'oublie au quotidien. Les visions de l'été, quand le temps est en deuil, se transforment en mythes ou légendes de l'œil. Émilie fut pour moi la fille d'en face au négligé tabac.

Un soir de décembre, un de ceux où l'on navigue entre la nuit blanchie qui déborde les silhouettes des maisons et le gris souris des trottoirs jaunis ou rosis par les néons, où l'on cherche les escales de l'oubli du moment, du froid et peut-être de soi, je l'ai rencontrée.

Tout en noir, encuissardée, les yeux perdus dans l'éternité, elle écoutait pensive Ben Jovi jouant *Bad Medecine* dans les cris et la fumée. Perchée au bord du bar, la fille d'en face au négligé tabac.

Entre voisins, on a fraternisé. On avait en commun nos distances rapprochées par Sidonie et Hortense interposées. La nuit était mûre quand on s'est raccompagnés. Pour tenir compagnie le temps d'un café, Sidonie dormant chez la voisine aux cheveux cuivrés, je suis monté. Puis...

Au fond des portes emboîtées dans l'obscurité, un rectangle de lumière jaunie et adoucie, bassinant un lit bas déjà dans tous ses états. En écran, une silhouette alanguie, une voix qui expire: «Déshabille-moi...» Les femmes de la nuit, quand dehors il fait froid, sont toutes un peu Greco, Marlène ou Madonna. On ne résiste pas! Surtout au souvenir d'été: celui de la fille d'en face au négligé tabac.

Dans la blondeur de la lampe de chevet, je l'ai mise en vérité.

Ses cheveux platinés avaient la nostalgie de leurs racines, une noirceur sûrement assassine. Son cou gracile et long avait le charme de ses plis. Ses seins, entre eux lointains, étaient mignons, inspirant la tendresse due aux petits objets. Ses hanches un peu osseuses n'allaient pas le rester: au dessous du nombril, l'arc rêvait du demi-cercle. Sa toison, quoique drue, faisait portion congrue: tout juste assez pour souligner le doux bistre des lèvres.

Je l'ai gardée bottée. La fille d'en face au négligé tabac.

Bien calée sur l'oreiller, les yeux fermés, le corps souple et à plat, elle se laissait faire tout en m'encourageant du souffle et de la voix. Elle baisait Baudelaire. Haïssant le mouvement déformant les lignes, digne, elle ne bougeait pas, à part ses lèvres roses faisant «Oui-oui! Ouah-ouah!»

Dix minutes et un tremblement après, nous avons cessé le combat. L'autre nature prenait ses droits. Après tout, passé minuit, un peu moite, un peu gris?... Sans doute manquait-elle de forme? Moi j'allais manquer d'envie. Rien de tel qu'un petit somme!

Je m'endormis. Émilie aussi.

Vers les six heures, les dentelles du givre sur les vitres prenant de la pâleur, on s'éveilla un peu confus, un peu cuculs; elle en bottes, moi tout nu. On communia à l'aspirine. Elle me découvrit sa vie. Chère Émilie!

Elle était pensionnée d'un divorce tout frais. Avec en cadeau, ce petit condo. Elle suivait des cours «pour meubler son esprit», à l'UQAM, je crois. En quoi, elle ne me l'a pas dit.

Tout en circonvolutant d'un bout de doigt distrait le mimosa pointant l'aréole, elle ne m'a rien caché de ses prédilections: *Les dames de cœur* et Janette Bertrand, *La mélodie du Bonheur* et *Autant en emporte le vent,* les bandes dessinées et les petits Mickey. Mickey, c'est la Floride. Ah! la Floride...

Ça la rendit torride. «C'était bon, tu sais», dit-elle en posant sa tasse de café. Le jour se levait. Nous le fîmes aussi. Elle me tira vers le lit. Chère Émilie!

La politesse des fesses voulant qu'on remercie son hôtesse de son hospitalité juste avant de partir, en prenant, si j'ose dire, le coup de l'amitié, il fallait s'exécuter.

Dans le petit matin, ses bottes dévoraient la pénombre grisâtre sur le lit marbré par l'ombre portée en plis. Elle faisait infirme ou raccourcie. Avec en plus l'inertie en elle appréhendée, un supplément d'âme ou bien d'inspiration aurait fait mon affaire, la sienne apparemment étant déjà au fait. J'étais dans un état intermédiaire: pas encore en attente mais déjà aux aguets.

«Mets ton négligé», dis-je d'une voix tremblante.

«Je ne te plais pas comme ça? Cochon, va!» dit-elle d'une voix à la fois gourmande et souriante. Elle se leva et, après avoir au passage constaté d'une main distraite la fermeté naissante de mon propos, disparut dans la salle de bains. Puis elle revint, ses formes estompées, devenant légendaires, dans un tissu vaporeux. Pour célébrer, je mis la lumière.

Ciel d'Afrique et pattes de gazelle, il était bleu!

« Tu ne mets plus l'autre? Le tabac?»

«Le tabac? Ah le truc brun clair que j'avais cet été? Il s'est déchiré, je l'ai jeté... Si j'avais su que ça t'excitait... Ben je pouvais pas, je te connaissais pas!»

Monsieur de Lapalisse n'aurait pas dit mieux!

«T'es pas fâché, dis?» Avec une petite mine triste et câline, un peu effarouchée. Chère Émilie!

Le temps était à l'embarras. En dépit de l'envie d'honorer Émilie, le corps n'y était pas. Ou plutôt à demi. Sur le flan d'Émilie, la main gagnait du temps, la peur rongeait le mâle. Je ne savais plus où me mettre! Me cacher, être ailleurs. Chez moi, à ma fenêtre, l'été...

Tout étirée le long de la galerie en claire-voie. Lisant ou faisant semblant. La fille d'en face au négligé tabac.

Le soir venu, sa nonchalance baignée par la gloire du soleil couchant, elle trône sur son balcon dans les derniers rayons qu'elle savoure d'un air ravi. Elle m'attend.

La fille d'en face au négligé tabac.

Venus d'ailleurs des «Oui», des «Honnn!», des «Oui c'est bon!»

De ma fenêtre, j'aperçois tout autour d'Émilie une forme dansante, adjacente, semi-détachée, enrobante puis superposée qui disparaît dans la lointaine lueur de la lampe de chevet.

Dans la nuit, derrière le liséré éblouissant au bas de la fenêtre, précurseur du lit lumineux où, lent et majestueux, un corps d'homme module, dans un reflet havane, l'enfance du cri dans le sexe coruscant.

C'est moi...

Je lutte et me débats contre griffes et morsures. Soudain, je meurs de bonheur en entendant le chant de la fille d'en face au négligé tabac...

On s'est quittés endoloris. Tout éclatés, tout éblouis. Avant le retour de Sidonie. Sous l'œil songeur d'Hortense. Ravie, heureuse, harassée chère Émilie m'a dit: «Tu reviendras, dis?»

Un peu par bonheur, un peu par lâcheté, je lui ai dit: «Oui», tout en pensant: «Quand reviendra la fille d'en face au négligé tabac.»

Baise-Secours

Dans ce quartier où j'exerce mon bénévolat, entre Saint-Denis et Boyer, «Baise-Secours» c'est moi!

Je suis, comme l'on dit, «une affaire» au lit, du moins s'il faut en croire ces dames de la laverie, et d'autres lieux du quartier où l'on mémère et médit.

Surtout la laverie, enfin je le crois, qui est leur terrain d'approche favori, à cause des sourires gourmands qu'elles échangent, complices, lorsque j'entre avec mon panier, ou des regards pincés qui se veulent distraits lorsque je commence à entasser le linge sur la laveuse d'à côté.

À l'entrée de Saint-Georges, puisque tel est mon nom, en elles, tout feu tout femme, se réveille le dragon.

C'est le moment des «Allô mon beau Gé-rard!», des plus sûres d'entre d'elles, qui affichent ainsi leur «Je ne dirai pas non...» tout en faisant demande d'emploi, ou, prises à ma vue d'un désir subit de «revenez-y», proclament ainsi à la cantonade, un «j'ai la priorité» tonitruant qui se croit discret.

Mais c'est surtout pour marquer, vis-à-vis des autres, un droit qu'elles n'ont pas: celui de propriété. En général ce sont celles qui ont le plus peur de le perdre: les plus âgées qui n'espèrent plus guère de l'inattendu et qui s'attribuent un dû implicite au nom du passé. Ou les aspirantes exacerbées mues par l'émulation du voisinage, ajoutant à leurs fantasmes, un «Pourquoi pas moi?» ou «C'est à mon tour!» irritées par un vif sentiment d'inégalité à remédier.

D'autres, par contre, affectant l'air ailleurs, assises sur le banc, absorbant leur magazine, jettent de temps en temps vers moi, au moment de tourner la page, un coup d'œil en tapinois. Le temps d'une lueur où pétille une curiosité amusée. «Ah! C'est lui, le ?... Ben ma vieille, ça paraît pas! Il doit avoir des qualités cachées!» Celles-là ne sont pas intéressées. Sans désirs, ou bien comblées. La plupart.

Par contre, chez certaines que je surprends en train de me fixer, je sens jaillir la gêne de quelqu'un qui se sent pris en flagrant délit de curiosité malsaine. Le regard, avant de se détourner, vous en fait presque reproche. Craintif et agressif dans sa fuite, il a, dans un éclair fugace, comme un rien d'interlope surgissant du tréfonds: «Arrière satyre désiré!»

Reste enfin le coup d'œil furtif de la femme pressée, qui surveille le tourbillon de sa machine, d'un air à la fois concentré et distrait. Célibataire et trentaine sportive, affichant un entrain malgré soi masculin. Même si cela détend, pas le temps de «baiser». Trop à faire! Tout en se disant: «Tant qu'à faire, à l'occasion, puisqu'il est bon dit-on...»

Celle-là est un cas de plus en plus fréquent.

Mentalement, elle vous met sur la liste des fournisseurs «réputés dans le créneau». Dans la section «hygiène» ou «santé». Employés, employeurs, restaurants ou moteurs, il leur faut le meilleur, à la mode. Même chose pour le baiseur.

Si elles sont ici, dans cette laverie, c'est qu'elles n'ont pas encore les moyens d'avoir la maison de leurs ambitions: tout automatisée avec bonne à l'appui. Ou bien que leur machine à laver est «brisée», et qu'il faudrait bien qu'elles trouvent le temps de... Mais elles ne l'ont jamais, ou difficilement. La performance dévore le temps du domestique, puisqu'elle seule est nécessité.

Peut-être aussi, sans se l'avouer, pour fuir un moment l'appartement design et désert. Côtoyer un instant ces gens que l'on entraperçoit en traversant la vie quotidienne et qui en deviennent les inconnus familiers. En se retrempant dans la majorité ignorée, elles prennent un bain d'ordinaire. Presque de jouvence. Excellent pour le «ressourcement».

Ce genre-là marche au canon. Un trou dans son agenda? Elle vous aborde le sourire cannibale et l'œil luisant: «Mon Dieu, j'ai oublié mon savon... Pourriez-vous m'en passer? Je vous le rendrai.» Suivent alors deux variantes:

«On passe chez moi mon lavage terminé. Je vous offre un verre. Si, si, j'insiste! Vous m'avez bien dépannée.» Ou, après un temps de réflexion: «Mardi soir, ça vous va? Je vais le noter sur mon agenda en rentrant. C'est quoi votre nom, déjà? Saint-Georges, Gérard... Bon, je suis libre à huit heures trente. Vous avez un papier? Prenez donc mon adresse et téléphonez-moi juste avant. On prendra un pot chez moi. Par la même occasion, je vous remettrai votre...»

Tout leur est «moi», vous y compris, par anticipation. En général, je les fuis, quitte à y laisser mon savon, malgré leur «Je vais vous le payer. Je vous dois combien?...»

Tout d'abord pour savourer le plaisir mesquin mais enfantin de les frustrer en leur laissant le sentiment — oh très provisoire! — de vous devoir quelque chose, tout en étant dédaignées.

Ensuite, pour éviter la fast-baise. Le coït prend avec elles un tour cavalier.

Dans la chambre blanc rosi ou fuchsia sortie tout droit d'un magazine, il fait beau et froid. Le lit, quand il n'est pas futon, est meuble de fonction: dodo, dada, détente. Souvent dans un coin, blanc et noir pour faire un peu plus gai, le cycle exerciseur ou la machine à ramer qu'elle enfourche à temps perdu pour se refaire une santé. L'instant suivant, vous voilà promu l'égal de ces appareils sanitaires!

Les préliminaires menés tambour battant, elles vous bâtent d'un condom en guise de selle, vous montent à la volée, vous bottent à l'écuyère et, négligeant le trot ou l'amble, piquent des deux sitôt empalées. Poussant des cris qui vont du «Ah!» jusqu'au contre-si, pour stimuler la bête, empoignant vos épaules en guise de guidon, la tête baissée, bombant vos cuisses qui n'en peuvent mais, elles foncent vers l'orgasme en une minute cinquante-six secondes, puis s'effondrent sur vous épuisées, éperdues, la tête tournée vers la table de nuit fixant le répondeur ou bien la montre. Sans se soucier si de votre côté... Non très peu pour moi!   J'aime mieux éviter...

Ensuite, à cause de ce vide qui soudain vous sépare d'elles, l'occasion advenant dès l'orgasme passé. Le jouir assèche: en ces temps de santé à tout prix, la cigarette est honnie au profit du verre d'eau. Allant le chercher, elles en reviennent distantes avec, en prime, un rien d'hostilité. Tant est grande la peur de dépendre du plaisir qu'elles vous ont pris et de vous, qui leur avait procuré.

Faut la comprendre! Il n'y a pas que vous dans son existence. Justement, après coup, elle a un rendez-vous, un téléphone à faire, un rapport à lire, un bain à prendre (peut-être pour se laver de vous). Déjà vous gênez — que dis-je? — vous encombrez.

Elle vous encourage du ton et de la voix — «Dommage que j'ai ce truc à faire... C'était super... Tu baises comme un dieu. Faudra qu'on se reprenne!» — tandis qu'on se rhabille et qu'elle remet le lit en ordre avec entrain. Un air de chatte satisfaite, un dernier baiser à l'emporte-pièce — «J'attends ton téléphone» — tout en poussant vers la porte l'amant consommé pour l'empêcher de s'incruster.

Rien à craindre de mon côté! Ce n'est pas ici que je trouve ce moment prodigieux qu'une femme vous offre quand elle vit son corps heureux: on se sent d'elle, elle de vous. Moment trop court qui se délite tandis que les sens reprennent leurs dus au quotidien. De nouveau, lentement mais trop vite, tout nous sépare: on redevient deux. Ou si l'on veut, chacun son «moi». Seul.

Tout est à recommencer.

Je fais baise-secours presque tous les vendredis soir après la laverie. Bien sûr, cela m'arrive quelquefois d'autres soirs. Voire en plein jour, mais c'est vraiment un hasard.

Je ne suis pas dragueur, encore que dans mon quartier on «crouse»! Célibataire et «quinqua», je suis enclin à la routine et casanier sur les bords, en plus d'être timide. Peu porté sur le premier pas — et d'ailleurs maintenant pourquoi donc le ferais-je? À moins d'un coup de foudre? Sans jurer de rien je doute que cela me reprenne! — Il faut vraiment qu'elles viennent me chercher dans mes endroits familiers ou bien par téléphone, pour que... Jamais chez moi sans y être invitées. J'ai des familières, pas des habituées. Pas question de me laisser envahir! Je suis un solitaire qui hait la solitude, mais encore plus quand elle est déguisée en accoutumance. Je la connais que trop. Je fus déjà marié!

Le vendredi c'est différent. Tout d'abord c'est mon soir de lavage — la routine, n'est-ce-pas ? — depuis longtemps. Ce soir-là a ses avantages: il y a moins de monde, on peut facilement employer plusieurs machines à la fois (surtout quand on lave des draps). On y est un peu entre soi, peu de nouveaux y viennent.

C'est aussi soir de nostalgie pour les mal-appareillées. Le vendredi soir, dans les quartiers mixtes (mi-ouvrier, mi-gentrifié), la femme «couplée» depuis longtemps est souvent délaissée.

Le conjoint aime bien prendre un verre avec les copains de bureau. Il faut bien qu'il se détende. De toute façon, il a toute la fin de semaine à lui consacrer.

De plus en plus, dans le quartier, vu qu'on devient classe moyenne, passé ou vers la quarantaine, commence à se multiplier le sportif du vendredi.

Il faut aller faire son body-building dans les salles du quartier. Grossir c'est vieillir, performer c'est rajeunir. As-tu vu mes deltoïdes ou bien mes biscotaux? L'important, n'est-ce pas d'être en santé, fort et beau?

Les machines à muscler, les haltères qu'il agite presque au rythme du rut, les monocycles où pédale sa frénésie sont autant de maîtresses épuisant l'amant virtuel, si tant est qu'il le soit.

De quoi se plaindrait-elle? Mieux vaut qu'il peine dans les gymnases que dans les bars du quartier, et s'il prend un verre, c'est de jus de fruits, pour faire passer les suppléments de protéïne. Après tout, c'est pour elle qu'il souffre tant. Pour qu'elle soit fière d'être au côté, que dis-je! — de tenir le bras — d'un bel homme en santé.

Quant à «ça», toute chose en son temps. Puis enfin il n'y a pas que «ça» dans la vie.

Tous ces mutants d'Adonis seraient surpris de découvrir les malingres discrets qui les remplacent dans les lits des vendredis soir. Ou les bénévoles de Baise-Secours à qui on demande de s'occuper du service d'accueil. Les Gérard.

Enfin restent les classiques, surtout côté chômeurs et ouvriers, qui sont encore la majorité dans le quartier. Si les regrettées tavernes ont disparu à cause d'un décret, Dieu merci l'esprit en est resté dans bien des brasseries, en dépit du «Bienvenue aux dames» qu'elles se doivent d'afficher!

Dans le quartier, il en est plus d'une où l'élément féminin se garde bien d'entrer, tant, dès le pas de la porte, les regards le fusillent! S'obstine-t-il? Non seulement le met-on en quarantaine, mais tout un chacun masculin se croit obliger de parler un peu plus fort, quand il sacre ou qu'il parle de cul avec un rire de stentor.

Habitude ou asile? Les chums de brasserie viennent y boire entre hommes. Même et surtout les maris qui prennent une soirée de congé de mariage. La baise, c'est pour le samedi, après la soirée de hockey à la télé, si on n'est pas trop fatigué.

Parmi leurs épouses résignées, il en est qui en profitent pour faire les courses ou le lavage, sans arrière-pensée. Mais dépendant de l'air du temps, ou du ménage, il peut arriver que, rencontrant dans les lieux coutumiers (laverie, Provigo ou Jean Coutu) ce brave Gérard, qui... enfin quoi... Du moins à ce qu'on dit puisque, en plus d'avoir du charme, il est, à ce sujet, muet comme une tombe. Si on le voit seul, c'est qu'il est peut-être libre. Au fond, il est si gentil. Si je l'invitais au Harvey's prendre un café, juste pour jaser?

Première étape, bien souvent, d'un recours à Baise-Secours.

Pour les femmes célibataires qui n'ont pas de «sorties» en perspective, vendredi soir est une calamité. C'est le seul soir où l'on peut se permettre de découcher ou bien de recevoir tard un invité à virer le petit matin, puisqu'on ne vas pas travailler.

Samedi soir, quant à lui, est toujours hasardeux. Trop de chiens rendent la chasse un peu aléatoire. On compte ses sous: on a fait le marché, le magasinage. La nuit venant, il faut surveiller la dépense. Il reste moins à investir, sous forme de verres dans les bars et lieux de danse, dans la loterie du prince charmant

Le samedi soir est voué au régulier, amant de fin de semaine ou chum sur lequel on a des visées à long terme. Des hommes sur qui on peut compter pour assurer le casuel du sensuel. Tandis que le vendredi, la fin de semaine étant jeune, tout espoir est permis.

Il y a aussi, en nombre grandissant, la monoparentale aux moyens limités qui ne permettent guère, sauf pour les grandes sorties depuis longtemps planifiées, le recours à une gardienne. Tout en se passant des hommes, bien souvent de son bon gré, il est des vendredis soir où elle est tannée d'être papa-maman toute la journée. La femme libérée doit organiser les besoins de la femelle.

Celle-là vous invite à venir veiller — il reste un peu en nous des relents de campagne! — et à jouer les «mononcles» d'occasion. L'enfant couché, on se rue dans les préliminaires. Il faut être vite en affaires quand tout doit être terminé au petit matin, avant le réveil du bambin.

Les condoms près du lit, par peur des maladies, elle baise copain et vous mord quelquefois, s'excusant après coup. C'était pour ne pas crier, par peur de réveiller «la petite qui dort à côté».

Pour ces femmes esseulées, en tentation de mâle, habitant rue Saint-André ou alentours, reste un recours inavoué. Ce brave Gérard, trop timide ou trop sûr de lui, allez savoir! qui écoute et qui sourit, un peu rêveur, un peu poète, un peu ami, qui ne répète jamais ce qu'on lui dit et surtout ce qu'on fait...

Là, il y a deux écoles de pensées, advenant une solitude fortuite mais surtout non désirée.

Pour l'une: «Il paraît qu'au lit, c'est une affaire. Et avec ça, discret... Louise m'a dit que la femme du dépanneur, qui pourtant en a vu d'autres à ce qu'on dit, ne jure que par lui...»

Pour l'autre... (Soupir et nostalgie.) «Dommage que ce soit un rêveur, un faible qui se laisse embarquer par n'importe quelle bonne femme. Un timide... Mais quel amant!...»

À ce stade, les deux écoles de pensées se rejoignent:«Vaut mieux y aller tout de suite, avant qu'une autre mette la main dessus...»

Je fais Baise-Secours dans le bénévolat, par vocation tardive.

Autrefois, tout comme vous, je fus d'abord baiseur en transe, tout en cherchant, sans me l'avouer, le Grand Amour. Celui qui rime avec toujours. C'était du temps de mon adolescence qui, comme celle des jeunes d'à présent, a joué les prolongations jusque vers la trentaine. J'étais en somme un précurseur.

Plus tard, après le premier coup de vieux, j'ai voulu faire sérieux. Carrière dans l'affection. Je fis le contraire, aimant mon métier, agissant comme ceux que j'ai cités plus haut. Le journal fut ma passion et ma femme, la maîtresse en second. Que croyez-vous qu'il arriva? Comme à tous les autres cons de mon espèce...

L'amant devient vite un mari. La virilité s'endort dans la monotonie et se réveille dans l'aventure. On vit avec son métier et l'on croit, sincèrement, que c'est aussi pour elle qu'on le fait. On vit avec, dans son lit, une idée, une certitude. On baise tendrement un sexe qui a des airs de «déjà vu» pour ne pas dire trop, malgré les espacements de plus en plus grands. Tout passe, tout lasse, tout casse. Doucement.

Un jour, crac! On se fait face et on se voit étrangers.

Il n'y a plus rien à faire, sinon à regretter. On se sépare. Brusquement, on s'aperçoit qu'on a perdu, sinon un grand amour puisqu'il s'est dissolu, du moins une roue de secours quand le corps crie famine.

Alors on se remet aux travaux de séduction. Ou bien on démissionne. Reste enfin une voie mitoyenne. L'art pour l'art. C'est la mienne.

Enfin un jour, on découvre le bonheur du moment où... Mais je vous l'ai déjà dit.

Dernière touche au tableau: je suis loin d'être Apollon. Le front haut et les cheveux clairsemés, flanqué d'un petit bedon et d'énormes lunettes, quelques rides ça et là; je fais ma cinquantaine avancée. M'habillant sport pour éviter de faire négligé, j'ai la tête d'un anonyme qui joue les intellectuels. Même si dans le fond j'en suis un (je suis concepteur de logiciel à la pige), je ne fais pas «vrai».

Pourtant, je suis «une affaire». Bien sûr il y a un secret.

J'aime baiser, ce qui, contrairement à ce que l'on croit, ne va pas toujours de soi chez un homme. Du moins, d'après les confidences d'oreiller. Ça se sent et ça se sait.

Toute femme dans un lit — rarement sur le tapis, très peu sur la table! — est pour moi un défi, une énigme qu'un rien peut à jamais sceller. Une erreur de parcours et tout est foutu. Les voies de son plaisir se balisent de signes équivoques à souhait. Selon le jour, selon l'instant ou même la raison d'être du moment, le sens en change. Dans le parcours du tendre, rien n'est sûr. Un geste: vous devenez arcane ou bien agacement. Le jouir est le fruit de l'imprévisible étonnement que vous devez faire naître chez elle.

Un amant n'éblouit que lorsqu'une femme croit recevoir de lui bien plus qu'elle ne lui prend. Tout plaisir est pour elle un commencement alors que chez le mâle ordinaire, il est bien souvent aboutissement.

Chez moi, c'est le contraire. J'aime mieux faire qu'aboutir, souvent je suis frustré par le plaisir que je ne peux plus contenir.

L'amour faisant, j'oublie que je suis solitaire. Je me sens nécessaire et, autant l'avouer, un peu le tout-puissant, puisque la femme que je façonne met dans sa vie une parenthèse de paradis. Un pouvoir grisant, et Dieu merci éphémère! qui disparaît dans la lente diffusion des sens enfin saturés. Chaque fois, rien n'est acquis, tout est à recommencer. Je n'aime, dans l'a-mour, que son incertitude et sa fragilité.

C'est pourquoi j'adore baiser.

Est-ce dû à l'âge ou bien au «métier» aguerri par ma préférence? Un peu des deux, sans doute. J'ai en tout cas un autre atout. Prompt à bander, peine à jouir, je dure. Détail qui doit compter dans la publicité que ces dames se font sur mon intimité. Si peu d'hommes leur donnent le temps de prendre leur plaisir à l'aise!

Même que — mais ne le répétez pas! — il m'arrive de faire semblant. D'abord parce le trop est aussi frustrant que le pas assez. Enfin, quand une femme vous a pris son plaisir, il lui en reste un autre: celui de ressentir le pouvoir de vous faire «venir».

Pourquoi lui refuser, même si le désir est en congé? Quelques bourrées bien appuyées et sitôt qu'on la sent se raidir haletant sa demande, une ultime bourrade avec bruit approprié. De tous ses orgasmes, c'est souvent le meilleur. J'aime voir cette joie, au point même qu'il m'arrive parfois d'en jouir après coup, ayant ainsi menti juste à moitié. Que de bonheurs de rut sont dus à des malentendus! Échanges de bons procédés entre amants éphémères.

Détail trivial, mais incontournable, pour le lecteur: je suis normal. Mon sexe est plutôt dans la moyenne.

Jadis même, au temps de ma jeunesse, je le jugeais trop petit.

Non, si je suis «une affaire» pour les dames du quartier et même de la périphérie, c'est que j'aime baiser, je suis célibataire recyclé, je garde mon mystère et aussi le secret, laissant à mes partenaires le soin d'en disposer.

Mais surtout, je sais me taire et écouter.

Sur le lit, le grand frisson passé, la petite joie diluée, quand reviennent la réalité et la mémoire du quotidien qu'elles avaient fuies, mes amantes, ça et là, laissent échapper leurs vies en morceaux. Rarement les meilleurs. Tous ces «si tu savais...», «il est gentil mais...», «j'aurais aimé...» ou «si je pouvais...», ces bouts de vie qu'on ne cesse de taire, y compris à soi-même, et qu'on dit à l'amant complice de l'instant pour oublier même qu'on les lui dit. Pour soulager le dedans. Avant de repartir comme neuve, mais pas tout à fait, vers la quotidienneté de la solitude à deux, lorsqu'elles sont mariées.

En cette fin de siècle, le baiseur a remplacé le confesseur. N'est pas baise-secours qui veut. C'est un apostolat.

On ne choisit pas celles qui crient à l'aide. On se doit d'être l'ultime recours. Les vieilles, les tordues, les laides y ont droit. Même les handicapées qui pourtant nous font peur. Ce sont souvent les plus ardentes! Hélas l'œil bien souvent ignore le cœur!

Même après cinq ans d'exercice, on ne s'y habitue pas. C'est souvent bien difficile de prendre sur soi. Mais rien n'est jamais impossible, et l'on découvre souvent des beautés cachées.

Je connais des vulves faites au moule, aux dessins apurés surmontées par des corps qu'elle ne méritent pas, des vagins souples et chauds cloîtrés dans des lèvres en tablier, des bouches peu amènes qui sous des sourires lippus sont douées de génie pour les délices buccaux, art combien délicats! Quelle joie pour le connaisseur averti que de découvrir ces merveilles souvent dédaigneées par les autres avant lui et de les révéler quelquefois à leur propriétaire qui les avait oubliées!

Mais enfin et surtout, ce qui me récompense, c'est de voir la frigide enfin s'illuminer après maintes tentatives, la désespérée qui baise comme on boit, pour l'oubli et qui soudain découvre la joie de son enfance, la vieille qui avait oublié et qui soudain rajeunit dans son épuisement. Ah! tous ces moments-là effacent toute peine qu'on a eue pour y arriver!

Enfin ces baisements vous apportent un enrichissement en connaissance humaine qui n'a rien d'équivalent.

Bref je suis un bénévole heureux.

Il n'y a qu'un problème, inhérent à notre société. Les besoins vont grandissant, ne fût-ce que dans mon quartier. J'ai beau y consacrer tous mes loisirs ou à peu près, quelqu'en soit ma bonne volonté, je ne peux suffire à la tâche. Il faut aussi que je gagne ma vie et que je récupère de temps en temps. Ne serait-ce que pour mieux les servir.

Ah! si tous les hommes de bonne volonté voulaient faire leur part!

Aussi permettez-moi de lancer un appel. Baise-Secours, section rue Saint-André, plus que jamais a besoin de volontaires. Au moins un pour commencer.

Prompt à bander, peine à jouir, qui dure, non-fumeur de préférence et buveur modéré, ayant de l'entregent. Une grande qualité d'écoute (avant, après) serait appréciée. Il faut qu'il soit disponible, pour commencer, au moins un soir par semaine (vendredi?).

Venez vite, c'est urgent! Tant de malheureuses attendent après vous. Ne restez pas insensibles à tous ces corps qui crient famine! Allez-vous demeurer insensibles à leurs voix? Qui que vous soyez, mariés ou célibataires, un petit effort! Soyez donc dans le coup. C'est pour la bonne cause! Baise-Secours a besoin de vous!

Pour me rejoindre, rien de plus aisé. Tous les vendredis soir, à sept heures, je suis à la laverie de la rue Saint-André. Pour me reconnaître, rien de plus facile: je suis le seul à lire *Le Devoir*.

Table

CET OUVRAGE
COMPOSÉ EN SOUVENIR CORPS 12 SUR 14
A ÉTÉ ACHEVÉ D'IMPRIMER
LE 22 AOÛT MIL NEUF CENT QUATRE-VINGT-ONZE
PAR LES TRAVAILLEURS ET TRAVAILLEUSES DES PRESSES
DE L'IMPRIMERIE GAGNÉ
À LOUISEVILLE
POUR LE COMPTE DE
VLB ÉDITEUR.

IMPRIMÉ AU QUÉBEC (CANADA)